Mila Summers

Zum Küssen verführt

Über das Buch:

Niklas ist Junggeselle und denkt gar nicht daran, etwas an seinem Leben zu verändern. Über die Waschlappen in seinem Freundeskreis, die nun Väter geworden sind und unter der Fuchtel ihrer Ehefrauen stehen, macht er sich nur lustig. Als ihn eine Wette für eine Woche an die vier Frauen seiner Kumpels bindet, glaubt er noch, die Zügel fest in der Hand zu halten.

Frisch getrennt macht sich Phoebe, die Leadsängerin einer Band, an die Côte d'Azur auf. Dort soll sie in einem Luxushotel französische Chansons zum Besten geben. Nur dumm, dass sie die Sprache gar nicht beherrscht. Wie gut, dass der Gast mit den vier Frauen im Schlepptau ihr tatkräftig unter die Arme greift – und auch vor ihrem Herzen nicht haltmacht. Aber ist Niklas wirklich ein Traummann?

Zum Küssen verführt ist der fünfte Band der Kurzromanserie, die in Chicago spielt.

Bisher erschienen:

Küss mich wach (Band 1 der Tales of Chicago)

Vom Glück geküsst (Band 2 der Tales of Chicago)

Ein Frosch zum Küssen (Band 3 der Tales of Chicago)

Küsse in luftiger Höhe (Band 4 der Tales of Chicago)

Alle Teile sind in sich abgeschlossen und können unabhängig voneinander gelesen werden.

MILA
SUMMERS

Zum Küssen verführt

Kurzroman

Band 5

Tales of Chicago

Deutsche Erstauflage März 2016

Lektorat: Dorothea Kenneweg

Korrektorat: SW Korrekturen e.U.

Covergestaltung: Casandra Krammer-

www.casandrakrammer.de

Covermotiv: dvargg, filitova, Irina Solatges,

studiobarcelona, soleilc – shutterstock.com, depositphotos.com

Impressum: D. Hartung

Frankfurter Str. 22

97082 Würzburg

mila.summers@outlook.de

Kapitel 1

Jeder Teenie wünscht sich ein Leben als Rockstar. Ausschweifende Partys, die Nacht zum Tag machen und am nächsten Morgen bis in die Puppen schlafen. Aber was es heißt, ständig auf Tour zu sein, einen nächtlichen Auftritt nach dem anderen zu absolvieren, darüber redet irgendwie keiner.

Wieder mal war eine Beziehung an meinem unsteten Lebenswandel gescheitert. Ich konnte es drehen und wenden, wie ich wollte: Daran war nicht zu rütteln.

Das Wasser des Hudson Rivers lag ruhig vor mir. Nur die Ausläufer der Fähre, die gerade eben an der Anlegestelle am Battery Park angekommen war, erzeugten ein paar kleine Wellen.

Das rege Treiben zur Rushhour war bereits abgeebbt. Nur wenige Passagiere stiegen auf das Schiff, das sie nach Hause bringen würde. Außer ein paar handzahmen Eichhörnchen war kaum mehr eine Menschenseele zu sehen.

»Yeah, Mann, der Beat ist gut. Jetzt noch Phoebes Stimme drüber und mir geht einer ab.«

Männer. Meine sieben Bandkollegen saßen voller Eifer bei einer gemütlichen Jamsession hinter mir auf der Wiese, während ich den Finger immer tiefer in die Wunde grub und mir alte Bilder auf dem Laptop ansah.

Bilder, auf denen die letzten Monate in Farbe gebannt

waren. Schöne, sonnige Momente, auf denen mein Freund – pardon, Exfreund – und ich mit der Kamera um die Wette lachten.

Einzelne Tränen liefen mir über die Wange. Viele dieser Aufnahmen waren Zeugnis unserer wenigen Treffen, die dann so intensiv wie sonst kaum etwas in meinem Leben gewesen waren.

»Hey, Phoebe, komm zu uns rüber! Trübsal kannst du auch morgen blasen. Wir haben dir einen echt fetten Text gebastelt.«

Ich will nicht sagen, dass meine Bandkollegen gefühlskalte Arschlöcher wären. Nein, das war auch in keiner Weise der passende Ausdruck für sie. Nur so viel: Manchmal hätte ich mir wirklich etwas mehr weiblichen Beistand gewünscht. Jemanden, der verstand, wenn es einem scheiße ging, und der einen einfach mal in die Arme nahm, ohne über den Liebeskummer, den man ganz offensichtlich hatte, hinwegzusehen.

»Mir ist nicht nach Musik«, antwortete ich schließlich wahrheitsgetreu, während ich den Blick nicht von der Diashow meines Fotoprogramms lösen konnte.

Dabei bohrte sich der Finger bei jedem einzelnen dieser Beweismaterialien aus besseren Zeiten immer tiefer in meine Wunde. Selbstkasteiung war nicht meine Art, aber mit Ben hätte ich mir durchaus eine Zukunft vorstellen können. Etwas Längerfristiges, das mich vielleicht sogar dazu bewogen hätte, mit dem ewigen Reisen aufzuhören, sesshaft zu werden und endlich irgendwo anzukommen.

»Was?«

»Du hast mich schon ganz richtig verstanden, Christopher. Mir ist jetzt nicht nach jammen zumute.« Warum war ich überhaupt mit in den Park gegangen? Was hatte ich mir nur davon versprochen, vor unserer Abreise ausgerechnet den Ort noch ein letztes Mal aufzusuchen, an dem mich Ben eiskalt abserviert hatte?

Vielleicht wollte ich es einfach nicht wahrhaben?

»Phoebe, jetzt hab dich nicht so. Der Typ war ein absoluter Langweiler.« Nun meldete sich auch noch Eugene zu Wort.

Sonnenuntergang am Pier 17. Was für eine traumhaft schöne Kulisse. Ben hatte ein Selfie von uns beiden gemacht, auf dem er lediglich unsere Nasen eingefangen hatte. Ich musste schmunzeln, obwohl mir zum Heulen zumute war.

»Phoebe, jetzt komm doch! Wir haben den Groove gerade so schön raus. Kannst du es nicht hören? Nur fünf Minuten. Danach kannst du dich wieder deinem Herzschmerz hingeben. Die Sonne geht doch gleich unter. Dann sehen wir hier nichts mehr. Komm schon!«

Da plötzlich erschien auf meinem Display ein Foto, das mir auf den ersten Blick nicht bekannt vorkam. Bei rund zweihundert Bildern konnte man sich sicher nicht an jedes einzelne erinnern. Noch zudem, da ich mir erst vor einigen Tagen ein paar der Fotos von Bens Handy auf den Laptop gezogen hatte.

Ich unterbrach die Diashow und vergrößerte die Aufnahme.

»Dieser Mistkerl!«, schrie ich auf, als ich mir ganz sicher war: Die Frau auf dem Foto, die Ben ganz fest in seine Arme zog und so innig küsste, als gäbe es kein Morgen, war definitiv nicht ich.

Wütend starrte ich noch einen Augenblick länger auf das Puzzleteil, das mir plötzlich Gewissheit verschaffte und das *Warum?* in meinem Kopf einem *Darum!* weichen ließ. Die vollbusige Blondine war wohl der Grund für Bens überstürzte Trennung und seine Bekundung, dass es nicht an mir liegen würde.

Ryan schlich sich leise wie ein Schatten an mich ran und verkündete mit Grabesstimme: »Der Typ war eh nicht der Richtige für dich. Ich weiß beim besten Willen nicht, was du an dem Kerl fandest.«

»Weißt du was? Ich auch nicht!«

Ich sprang auf, schnappte den Laptop mit den Fotos und warf ihn mit Schwung in den Fluss. Natürlich hätte ich die Bilder mit Ben darauf einfach löschen können. Meine impulsive Herangehensweise war vielleicht nicht unbedingt gut durchdacht.

Doch in diesem Moment wollte ich alles, was ich mit ihm verband, einfach nur loswerden. Schließlich war das Teil ein Geschenk von ihm gewesen, damit wir während meiner Abwesenheit via Skype face to face telefonieren konnten.

»Okay, Leute. Lasst uns Musik machen!«

Kapitel 2

»Hey Jungs, wer möchte noch eine Runde Tequila mit mir trinken? Ich bin heute so in Tequila-Laune. Niklas, wie schaut's aus?«

Gekonnt gelassen schwenkte ich das Glas in meiner Hand. Der bernsteinfarbene Single Malt darin schimmerte unnatürlich grell, angestrahlt durch die Abendsonne über dem Lake Michigan. Der große, hagere Barkeeper hinter der Strandbar hatte heute allerhand zu tun. Schließlich hatten die Jungs in meinem Schlepptau einiges nachzuholen.

Mitch feierte das erste Mal seit einer Ewigkeit ausgelassen mit uns und hatte eigens dafür die Location an dem weißen Sandstrand, nebst Barkeeper, angemietet. Seit seine Kinder und die Kinder seiner Kumpels auf der Welt waren, war kaum mehr Zeit für diese ungezwungenen Herrenabende gewesen, bei denen man einen über den Durst trank und am nächsten Tag die Quittung dafür kassierte.

Was für ein Jammer, dass mein Cousin, mit dem ich früher auf jeder Party für gute Stimmung gesorgt hatte, den Bund fürs Leben hatte eingehen müssen, anstatt weiterhin dieses sorglose Leben mit mir zu teilen, das ich nach wie vor nicht gewillt war aufzugeben.

Mitch legte seinen Arm schwer auf meine Schultern und zog mich dabei fast vom Hocker. Er schien den Alkohol nicht mehr so gut zu vertragen wie früher, schwankte unnachgiebig zu allen Seiten und krallte sich schließlich am Tresen fest.

»Lass gut sein, Mitch. Ich denke, es ist genug für heute«, stimmte ich vernünftige Töne an. Wie konnte es nur so weit kommen, dass ich meinem älteren Cousin sagen musste, wo seine Grenzen lagen? Sonst war es doch immer umgekehrt gewesen: Ich fand nie das rechte Maß, während er immer alles im Griff hatte. Verkehrte Welt!

»Pah, ich kann mindestens noch fünf Tequila. Wenn nicht sogar sechs.« Abermaliges heftiges Schwanken setzte ein und ließ mich an die stürmische Überfahrt von Key West nach Kuba von vor einigen Wochen denken, bei der ich mein Innerstes nicht nur einmal nach außen gekehrt hatte.

»Hey, ihr beiden, was ist denn jetzt mit der nächsten Runde?«, fragte Brian, Mitchs Kollege aus der Kanzlei, über den Tresen hinweg.

Auch er schien bereits jenseits von Gut und Böse zu sein. Sein gläserner, unkoordinierter Blick sprach Bände.

Herrgott, diese Kerle waren alle total verweichlicht. Wenn ich mir die vier jämmerlichen Gestalten so ansah, dann war ich überzeugter denn je von meiner These: Die Ehe macht aus einem gestandenen Mann ein hilfloses Baby. Das würde mir nie passieren.

Da verbrachte ich lieber zwei Monate im brasilianischen Dschungel, nur bewaffnet mit einer Machete, um mich gegen die Raubtiere zu verteidigen. Welche Mittel standen den vier domestizierten Exemplaren meiner Art schon zur Verfügung, um sich gegen ihre Herrchen zu erheben, die sich ihre Ehefrauen schimpften?

»Mist, verdammter! Ich habe ganz vergessen, den Windeleimer zu leeren. Wenn Miranda das morgen sieht, blüht mir eine gewaltige Standpauke.«

Betretene Stille setzte ein, als Noah sein Whiskeyglas laut scheppernd auf dem kleinen Tisch vor sich abstellte.

»Komm schon, Noah, das ist doch jetzt nicht dein Ernst, oder?« Ich versuchte die beklemmende Stimmung aufzuheitern, während ich lächelnd in die Runde blickte und mir Zuspruch von den anderen Männern erhoffte. Fehlanzeige.

Anstatt mir beizupflichten, senkten Mitch, Brian und Liam lieber kollektiv den Kopf. Die gestandenen Herren, die in ihrem Berufsleben jede noch so furchteinflößende Situation mit Bravour meisterten, standen vor mir wie begossene Pudel, die man vergessen hatte zu föhnen.

»Hey, Leute, ist gerade jemand gestorben? Ihr steht da, als würde die Welt untergehen. Hallo? Noah hat nur vergessen, diesen beschissenen Eimer auszuleeren. Was soll denn schon Schlimmes passieren?«

Der zischende Laut, der daraufhin die Runde machte, erinnerte mich irgendwie an Tante Heathers Teekessel. Der klang genauso, wenn man ihn auf dem Herd vergessen hatte und er bedrohlich nahe davorstand, zu explodieren.

»Niklas, das verstehst du nicht.« Mitch hing noch immer an mir wie ein nasser Sandsack, der im Begriff war, im nächsten Moment einfach umzufallen. Unbeholfen versuchte er mir auf die Schulter zu klopfen, um seinen Worten Nachdruck zu verleihen. »Wenn du verheiratet wärst und Kinder hättest, wüsstest du, dass es Dinge gibt, die ein Vater unbedingt erledigen sollte, wenn seine Frau, die Mutter seiner Kinder, ihn darum bittet. Vor allem, wenn sie seit Monaten keine Nacht mehr durchgeschlafen hat und ihr zuckendes Augenlid dich jeden Tag daran erinnert, mit was für einer tickenden Zeitbombe du zusammenlebst.«

Ehrfürchtiges Raunen ging durch die Runde. Das verhaltene Nicken der umstehenden Waschlappen, die ich einst als gestandene Männer kennenlernen durfte, und ihr betretener Blick ließen mich an meinem Entschluss, nie eine Frau zu ehelichen, festhalten.

Noah rettete als Feuerwehrmann unter Einsatz seines Lebens Menschen, die in Not geraten waren. Mitch und Brian verteidigten ihre Mandanten vor Gericht, wenn es sein musste, bis aufs Blut und Liam war ein knallharter Geschäftsmann. Was war nur aus ihnen geworden?

»Also mir wird das nie passieren. Eine Frau wird aus mir keinen willenlosen Zombie machen.« Ich verschränkte siegessicher die Arme vor der Brust, Mitch kam dabei bedrohlich ins Wanken und schlug nun beide Hände fest auf den Tresen.

Der Barkeeper, der aufgrund der plötzlichen Auftragsknappheit zur Untätigkeit verdammt war, schien sich prächtig über unseren Wortwechsel zu amüsieren.

»Also, isch freu misch schon auf den Tag, wenn disch eine Frau rumkriegt. Hicks.«

Liams Zeigefinger deutete während seiner lallenden Rede vermutlich in meine Richtung. So genau war das wegen seiner unkoordinierten Bewegungen leider nicht auszumachen.

»Das wird nie passieren«, presste ich zwischen meinen fest zusammengekniffenen Lippen hindurch, während sich meine Hände zu Fäusten ballten.

Mitch fing plötzlich schallend zu lachen an. »Niklas, irgendwann kommt auch für dich mal der Tag, an dem du sehen wirst, wie das Leben wirklich funktioniert.« Etwas ernster setzte er noch hinzu: »Du kannst nicht ewig deinen Rucksack packen und einfach abhauen, wenn dir hier alles zu viel wird oder du einfach keine Lust mehr hast, deinem Job an der Tankstelle, im Schnellrestaurant oder als Barista nachzugehen. Werd endlich erwachsen!«

Wie ich diesen Spruch hasste.

»Bist wohl neidisch auf mein sorgloses Leben. Hm?« Ich funkelte Mitch böse an, und hätte mich Brian nicht zurückgehalten, dann wäre dieser sicher nicht so glimpflich davongekommen. Das war mein wunder Punkt. Mitch wusste das.

»Also, ich sehe das ja so: Wenn einer die Frau fürs Leben findet, gut. Wenn nicht, dann nicht. Tequila?«, meldete sich der schlaksige Mann hinter dem Tresen unerwartet zu Wort. Trotz des wenig tiefgründigen Inhalts war seine Message bei mir angekommen. Während er seinen Kaugummi von einer Seite zur anderen schob, wedelte er vielsagend mit der Flasche in seiner Hand.

»Also, was ist jetzt? Tequila für alle?«, rief Liam, nahezu ohne zu lallen.

Mitch stand noch immer reglos da, während er mir tief in die Augen sah. Wir beide wussten nur zu genau, was mich davon abhielt, erwachsen zu werden, Verantwortung zu übernehmen.

»Ich weiß, dass dir die Sache von damals noch immer nachhängt. Aber du konntest doch nichts dafür, du …«

»Du weißt gar nichts. Lass mich mit den alten Kamellen in Ruhe!«, zischte ich ihn wutschnaubend an. Ich hatte große Mühe, mich zurückzuhalten. Bei diesem Thema sah ich rot. Darüber wollte ich weder mit Mitch noch mit sonst jemandem reden.

Brian kam mit drei randvoll gefüllten Gläsern auf uns zu. Der Inhalt hatte sich bereits weitestgehend auf dem Sand unter uns ergossen.

»Heute schauen wir nur nach vorne. Was meinst du?«

Mitch hatte gut reden. Wie sollte ich denn in eine Zukunft blicken, wenn mich die Schatten der Vergangenheit einfach nicht loslassen wollten?

Während Brian nun auch noch den Rest zielsicher im Sand verschüttete, klarte sich sein Gesicht plötzlich auf. »Niklas, du solltest mal sehen, wie das so ist als verheirateter Mann.«

»Ich denke nicht, dass …« Mitch erhob das Wort, um dem, was nun kommen würde, Einhalt zu gebieten. Umsonst.

»Nein, nein. Jungs, kommt mal schnell rüber!«, schrie Brian euphorisch. Liam und Noah reckten ihre tief über den Tresen gebeugten Köpfe in unsere Richtung. Es war ihnen deutlich anzusehen, dass *schnell* für sie heute sicher keine Option mehr war.

»Was gibt's?«, meldete sich Liam schließlich zu Wort, als sie die wenigen Meter nach einer gefühlten Ewigkeit endlich überwunden hatten.

Die beiden standen bei uns, als wären wir nicht am Strand,

sondern auf hoher See mitten in einen heftigen Seegang geraten.

»Unsere Frauen wollen doch gemeinsam verreisen«, begann Brian schließlich, von seiner Idee zu erzählen.

»Erinnere mich nicht daran!« Mitch legte sich theatralisch die Hand auf die Stirn, während Liam versuchte, ihm aufmunternd auf den Rücken zu klopfen, ihn dabei verfehlte und mit dem Gesicht voraus im Sand landete.

Mitch reichte ihm die Hand, um ihm wieder auf die Beine zu helfen. Erfolglos. Auch er sah sich wenige Sekunden später dicht neben seinem Kumpel auf dem Boden wieder.

»Coole Sache. Setzen wir uns doch alle hin. Ist doch viel gemütlicher, als zu stehen.« Verschwörerisch blickte Brian sich in der Runde um, senkte sich langsam in die Hocke und fiel dabei beinahe vornüber.

»Spuck schon aus, was du zu sagen hast. Mir reicht es jetzt echt mit euch. Ich kann meine Zeit durchaus besser nutzen, als mit euch Spinnern abzuhängen.«

»Ach ja? Im Dschungel von Papua-Neuguinea vielleicht? Einsam und allein unter Affen? Geh doch! Das sind doch die Einzigen, die deine Gegenwart noch ertragen.« Mitchs ungewohnt feindselige Worte waren sicher dem Alkohol geschuldet, dennoch trafen sie mich bis ins Mark. Noch nie hatte er so klar zu verstehen gegeben, was er von mir hielt.

Bisher hatte er mein Vagabundendasein gegenüber der Verwandtschaft, insbesondere Tante Heather, immer verteidigt. Dabei hatte ich oft diese Sehnsucht in seinen Augen gesehen, die von seinem eigenen Fernweh zeugte.

Entweder hatte ich mir das nur eingebildet oder Mitch

hatte seine Meinung von Grund auf geändert. Zähneknirschend musste ich daran denken, dass sicher sein neues Spießerdasein als Ehemann und Vater ihn dazu bewog, so zu reden.

»Jetzt beruhigen wir uns erst mal wieder. Mann, ihr führt euch ja schlimmer auf, als wenn Drew ihre Tage hat. Wir sind doch Männer und keine Memmen.«

»Wusstet ihr, dass sich der männliche Hormonhaushalt dem der Frau anpasst? Es gibt durchaus Studien, die belegen, dass Männer auch ihre Periode haben. Ich bin mir nicht ganz sicher, wo ich es gelesen habe, aber …«

Liams Gesülze bereitete mir arge Kopfschmerzen. Wenn ich auch nur noch einen Moment länger dazu verdammt war, dieses absolut hirnrissige Gerede zu ertragen, drohte mir der Kragen zu platzen. 21, 22, 23 … Immer noch keinen Deut besser.

»Brian, sag, was du zu sagen hast. Dann hau ich ab und ihr seht mich so schnell nicht wieder.« Das war sicher die beste Lösung, da ich bereits im Begriff war, die Kontrolle über mich zu verlieren.

»Och, du hast ja nur Angst, dass du es nicht schaffst. Vielleicht sollte ich doch lieber nicht …«

»Was soll ich schaffen? Raus jetzt mit der Sprache! Was ist es?« Nun hatte er mich doch neugierig gemacht.

»Ich wette, dass du es nicht schaffst … hicks … eine Woche mit unseren vier Frauen zu verbringen.«

»Das ist ja lächerlich.«

»Wenn du eine Woche mit unseren Frauen überstehst, bekommst du fünftausend Dollar von uns und darfst uns bis an dein Lebensende damit aufziehen, was für Memmen wir in deinen Augen doch sind. Also, Deal?«

Ich war bereits im Begriff, aufzustehen und das Weite zu suchen, als ich die Summe in meinem Geiste ganz deutlich in Neonfarben an einem einarmigen Banditen vor mir sehen konnte. Jackpot! Womöglich war das die Chance, auf die ich gewartet hatte, um mir endlich den Flug für meinen nächsten Trip nach Südamerika leisten zu können.

»Also, fünftausend Dollar sind 'ne Menge Holz. Wie teilen wir das denn durch vier und überhaupt, was haben wir denn davon?«

Liam, der harte Geschäftsmann, schien im Suff wirklich gar nichts mehr auf die Reihe zu bringen. Blieb nur zu hoffen, dass er morgen keine wichtigen Termine hatte. In seinem jetzigen Zustand war er definitiv nicht zurechnungsfähig.

»Liam, Niklas könnte ein bisschen aufpassen, dass unsere Frauen keinen Blödsinn anstellen. Meine Kreditkarte hat in den letzten Monaten ganz schön geglüht. Außerdem fände ich es gut, zu wissen, was die vier alleine treiben. Mir ist nicht wohl bei dem Gedanken, dass sie ohne uns unterwegs sind. Ihr kennt doch den Spruch: *Wehe, wenn sie losgelassen!*«

Liam begann herzhaft zu lachen. »Niklas wird es nie und nimmer gelingen, eine Woche mit unseren Prachtweibern auszuhalten. Der wird schon nach zwei Tagen darum betteln, dass wir ihm ein Ticket nach Hause schicken.« Schallendes Gelächter setzte ein.

Mein Blut kochte, während ich in die überheblich dreinblickenden Gesichter starrte. Reihum saßen sie alle da auf dem beschissenen Pseudo-Südseestrand mit der Chicagoer Skyline im Rücken und machten sich über mich lustig.

Doch Moment mal: »Was meinst du mit *Ticket nach Hause*?«

Brian lachte süffisant auf. »Na, von mir aus kannst du auch über den Atlantik schwimmen.« Das kehlige Lachen der anderen Schnapsdrosseln fügte sich nahtlos ein, während es mir langsam dämmerte.

»Nur über meine Leiche! Ich fahre nie und nimmer mit diesen vier göttlichen Plagen in den Urlaub. Da könnt ihr euch auf den Kopf stellen. Das mache ich nicht.«

»Zehntausend amerikanische Dollar. Das ist aber mein allerletztes Angebot«, hörte ich Brian laut und deutlich sagen.

»Hey, bist du verrückt! Hast du im Lotto gewonnen oder warum willst du dem Kerl das Geld so in den Rachen schmeißen?« Liam war offensichtlich doch noch bei klarem Verstand.

»Ich will dem Wichtigtuer hier mal eine Lektion erteilen. Wenn ihr nicht wollt, dann übernehme ich auch allein die Summe. Wobei ich mir ziemlich sicher bin, dass er es nicht einmal im Urlaub mit den vier Frauen aushalten wird.«

»Ich bin gerne mit meinem Anteil dabei. Nach der Sache mit den Anschlägen in Europa würde ich mich besser fühlen, wenn die Mädels begleitet würden. Irgendwie wäre mir wohler dabei«, erwiderte Noah sichtlich besorgt.

»Stacy lässt in letzter Zeit so komische Sprüche los. Außerdem hat sie sich ein neues Parfüm gekauft und einen Termin im Spa vereinbart. Das gefällt mir nicht. Besser, Niklas hat ein Auge auf sie.«

Langsam, aber sicher begann ich einzuknicken. Das war für mich eine Stange Geld, an die ich auf legalem Wege so schnell nicht rankommen würde. Für die vier Jungs war es hingegen ein Klacks. Die zahlten das sicher aus der Portokasse.

Allein um mir die nächste Reise finanzieren zu können, würde ich zwei Monate meines Lebens damit vergeuden müssen, übellaunigen Geschäftsmännern einen laktosefreien Sojacappuccino mit extra viel Schaum zu kredenzen. Beim Gedanken daran lief mir ein Schauer über den Rücken.

Nun war guter Rat echt teuer. Welche Horrorszenarien mit den vier Damen waren denn denkbar? Was störte mich überhaupt an Stacy, Drew, Emily und Miranda?

Im Grunde mochte ich die Ladys echt gerne. Bevor sie zu den Übermamas mutiert waren, die jedem Staubkorn schon bei der Entstehung den Kampf ansagten, waren sie eigentlich ganz okay gewesen.

Dennoch gab es ein paar Dinge, die mich auf die Palme brachten: ständige Bevormundung (hier war Stacy ein besonders hartnäckiger Fall), der Zickenterror (Emily und Miranda kabbelten sich für meine Verhältnisse eine Spur zu oft um Nichtigkeiten) und dieses nörgelige Getue von Drew ließen mich nun nervös innehalten.

»Was ist mit den Kindern?«, fragte ich schließlich aus einem Reflex heraus, während ich mir auf die Unterlippe biss.

»Die bleiben hier.« Brian funkelte mich schelmisch an, während er mir die Hand hinstreckte. »Was ist jetzt? Deal?«

Ich hielt für einen Moment die Luft an, meine Gedanken

konnte ich auf die Schnelle nicht sortieren, dafür herrschte ein viel zu großes Durcheinander in meinem Kopf. Der Alkohol in meinem Körper und die Tatsache, dass ich es diesen Waschlappen, die doch glaubten, so viel besser zu sein als ich, mal so richtig zeigen wollte, ließen mich schließlich einschlagen.

»Abgemacht. Wann geht es los?«

Kapitel 3

Mit dem schlimmsten Kater meines Lebens erwachte ich an diesem sonnigen Freitagmorgen. Der Tag war im Gegensatz zu mir noch taufrisch. Was hatte mich bitte dazu bewogen, um sechs Uhr dreißig die Augen aufzuschlagen?

Oh, da war er wieder: dieser schrillende Gleichklang meines Weckers, der mich davon überzeugen wollte, endlich aufzustehen. Besser wäre es. Schließlich hing mein Job davon ab, dass ich pünktlich zur Schicht erschien.

Ernie war ein gutmütiger alter Mann. Allerdings wäre der Besitzer des Franchise-Kaffeeladens unweit des Millenium Parks sicher nicht begeistert, wenn ich mich in ein und derselben Woche bereits zum zweiten Mal verspäten würde.

Während mein Geist guten Willen bekundete, verweigerte mein Körper nachhaltig und erfolgversprechend die Zusammenarbeit.

»Alter, sorg endlich dafür, dass dieses beschissene Ding aufhört zu klingeln! Ich hab ein Mädchen bei mir.« Der scheppernde Laut, den das vehemente Klopfen meines Mitbewohners Julian an meiner Tür verursachte, zusätzlich zu dem schrillen Geräusch gleich neben meinem Ohr, trieb mich beinahe in den Wahnsinn.

Mein Kopf stand kurz davor, zu platzen. Wie würde Onkel Simeon jetzt sagen: *Der letzte Schnaps war schlecht.* Oder es war neben den fünfzehn anderen (womöglich waren es auch mehr, so genau konnte ich irgendwann nicht mehr zählen) vielleicht einfach einer zu viel gewesen. Wer weiß?

Mit fest zusammengekniffenen Augen tastete ich auf gut Glück nach meinem Wecker, schaffte es sogar, ihn auszustellen, und drehte mich schließlich genüsslich auf die andere Seite.

Doch Julian war nicht so leicht abzuwimmeln. »Schau zu, dass du deinen Hintern endlich aus den Federn kriegst. Du schuldest mir noch zwei Monatsmieten.« Ja, er war wirklich die Güte in Person, nie herrisch oder zickig. Nein, vielleicht eine Spur zu dominant für meine Verhältnisse, aber im Grunde ein guter Kerl. Also, bestimmt ganz tief in seinem Herzen. Manchmal.

Womöglich auch nicht. Was machte ich mir da eigentlich für Gedanken? »Verpiss dich, Julian! Ich habe heute die Spätschicht«, log ich, in der Hoffnung, ihn endlich von meiner Zimmertür wegzulocken.

»Willst du mich eigentlich verarschen? Dein Dienstplan hängt im Gang gleich neben der Kommode. Außerdem sind wir Kollegen. Hast du das durch deinen Vollrausch heute Nacht vergessen? Komm endlich in die Pötte! Von deinem Reiseblog kannst du die Miete nicht zahlen.«

Nein, das hatte ich natürlich nicht. Die Wahrheit war viel naheliegender: Ich war kaum in der Lage, einen klaren Gedanken zu fassen, während in meinem Schädel eine ganze Armada tosender Footballfans gegen meine Schläfen hämmerte.

Mir ging es so dreckig, dass ich nicht mal Konter gab, als er mal wieder gegen meine Leidenschaft wetterte.

Irgendwann würde ich mit meinem Blog groß durchstarten und so viel Geld verdienen, dass ich davon leben konnte. Dann würde ich es allen zeigen.

»Julian, wenn du nicht gleich zurück zu deiner Freundin gehst, schau ich mir die Kleine mal an.« Das war mit Abstand das Bösartigste, was ich Julian je an den Kopf geworfen hatte. Julian war erst vor wenigen Wochen von seiner Freundin verlassen worden, nachdem sie einen seiner Kumpels plötzlich viel heißer fand als ihn.

Na ja, das war leider nur die halbe Wahrheit. In Wirklichkeit hatte Julian die beiden in flagranti erwischt und verlor an diesem Abend neben der Frau, die er in naher Zukunft gerne geehelicht hätte, auch noch einen seiner besten Freunde aus Highschoolzeiten.

So war das nun mal mit dem Schicksal oder den Weibern. Je nach Betrachtungsweise oder Gemütszustand war dem einen oder dem anderen die Schuld zuzuweisen. Meiner Meinung nach war die Sache ganz klar: Eine Frau an seiner Seite zu haben, bedeutete immer und in aller Konsequenz ein großes Problem. Egal in welcher Hinsicht.

Dennoch zielte mein Spruch so dermaßen unter die Gürtellinie, dass es mir sogar in meinem desolaten Zustand dämmerte, dass die Worte in dieser Situation nicht unbedingt angebracht waren.

Im Grunde tat es mir auch schon wieder leid, dass ich meinen Kumpel auf diese Weise an seine letzte katastrophale Beziehung erinnerte. Der arme Kerl hatte tagelang kaum gegessen, sich nicht mal dazu aufraffen können, sein Zimmer zu verlassen, und sich unbezahlten Urlaub genommen.

Und als er gerade auf dem Weg der Besserung war, kam ich daher und legte meinen Finger so tief in seine langsam zu heilen beginnende Wunde, dass sie wieder aufzuplatzen drohte.

»Niklas, fuck you. Wenn du deinen Job verlierst, fliegst du aus der Wohnung. Du weißt so gut wie ich, dass der Mietvertrag auf mich läuft. Ich hab keinen Bock mehr, dich länger durchzufüttern.«

Wütendes Stampfen und die wenige Sekunden später laut ins Schloss fallende Tür verrieten mir, dass mein Plan aufgegangen war: Julian würde nicht länger vor meinem Zimmer stehen und mich zum Aufstehen zwingen. Aber zu welchem Preis?

Was für ein wundervoller Start in den Morgen. Hatte ich schon erwähnt, dass ich knapp bei Kasse war? Nein? Nun, mir stand das Wasser, gelinde gesagt, bis zum Hals. Dabei war der Zeitpunkt für den Streit, den ich gerade mit Julian vom Zaun gebrochen hatte, definitiv mehr als schlecht gewählt.

Für gewöhnlich verstanden wir beide uns auch echt gut. Julian und ich hatten uns bei der Army kennengelernt. Wir beide hatten uns für einige Zeit verpflichtet, allerdings schnell gemerkt, dass es einfach nicht unser Ding war.

Julian war einer der wenigen Menschen außerhalb meiner Familie, mit denen ich über meine Vergangenheit sprechen konnte. Seine ruhige, aber bestimmte Art schaffte Vertrauen, ließ mich über das reden, was mir beinahe schon mein ganzes Leben wie die von Mücken übersäte Windschutzscheibe eines Wagens im Sommer auf dem

Highway anhaftete.

Er war mittlerweile der Einzige, der verstand, dass ich immer wieder das Weite suchte, suchen musste, um meine Gedanken zu ordnen, um mein Leben, meinen Alltag wieder in den Griff zu bekommen.

Während Familie und Freunde von mir erwarteten, endlich einen steteren Lebenswandel zu wählen, einen Beruf zu ergreifen, der nachhaltig meine Existenz sicherte, stellte er keinerlei Bedingungen an mich, war mir einfach nur ein guter Freund, an dessen Schulter ich mich – bildlich gesprochen, versteht sich – ausheulen konnte.

Nicht nur das: Wenn ich von meinen Selbstfindungstrips zurückkam, nahm er mich in seiner Bude auf, manchmal beschaffte er mir einen Job oder gab mir einen Tipp, wo ich Arbeit finden konnte.

Wenn es länger dauerte, bis ich etwas fand, unterstützte er mich auch finanziell, ließ mich unentgeltlich bei sich wohnen. Und wie dankte ich es ihm?

Mein schlechtes Gewissen ließ mich einfach keine Ruhe mehr finden. Verkatert setzte ich mich auf, rieb mir über die Schläfen und versuchte das Karussell in meinem Kopf zum Stillstand zu bringen. Was für ein Höllentrip!

Erinnerungsfetzen der letzten Nacht flackerten in mir auf, und ich kniff meine Augen noch eine Spur fester zusammen, wie als wenn ich sie mir damit vom Hals schaffen könnte.

Ich raufte mir das Haar, schlug die Decke etwas zu überhastet zur Seite und wälzte mich schließlich mühevoll aus den Federn.

Im Flur angelangt, überlegte ich, ob ich zu Julian gehen

und mich bei ihm entschuldigen sollte. Doch wenn er wirklich Besuch hatte, wollte ich ihm die Chancen bei seiner neuen Bekanntschaft nicht verderben.

Im Badezimmer sah ich erst das ganze Ausmaß der gestrigen Nacht vor mir, denn es stand mir sprichwörtlich ins Gesicht geschrieben. Bisher hatte ich immer geglaubt, ich hätte mich für meine fünfunddreißig Jahre recht gut gehalten.

Der leicht grau melierte Ton an den Schläfen im Kontrast zu meinem dunkelblonden Haupthaar ließ mich reifer wirken, auch wenn ich im Leben nicht daran dachte, erwachsen zu werden. Die Lach- und Mimikfältchen, die meine sonnengegerbte Haut an Augen und Mund umspielten, waren meine ganz persönlichen Reisemitbringsel.

Der honigbraune Ton meiner Haut und meine verwegene Frisur hätten auch gut zu einem Surfer gepasst. Gerade mit diesen Attributen und meinen dunklen Augen im Kontrast hatte ich bisher immer ganz gut bei den Ladys punkten können.

Wenn ich mir das Grauen so ansah, das mir an diesem Morgen aus dem Spiegel entgegenblickte, bezweifelte ich stark, dass ich je wieder bei einer Frau landen würde. Die aufgequollenen Tränensäcke hingen mir bis über die kantigen Wangenknochen. Meine Haare wirkten wie *out of bed*, klebten aber zugleich strähnig aneinander.

Meine Falten gruben sich wie tiefe Tunnel weit ins Erdreich vor. Das war nicht mehr sexy, eher beängstigend. Erinnerte mich irgendwie an Onkel Simeon, den ich dringend mal wieder in seinem Seniorenheim besuchen musste.

Als ich schließlich genug von dem Trauerspiel hatte, ließ ich mich schwer auf die Kloschüssel hinter mir fallen, um nur wenige Augenblicke später festzustellen, dass das Toilettenpapier aus war. Was für ein besch… Tag!

Eigentlich hätte ich wissen müssen, dass heute nichts mehr zu reißen war. Wenn ich klug genug gewesen wäre, hätte ich mich gegen Julian, gegen meinen Arbeitgeber, ja gegen dieses ganze verdammte System aufgelehnt. Wie gesagt: eigentlich.

»Junge, du kommst verdammt spät.« Ernie hantierte hinter dem Tresen mit den Coffee-to-go-Bechern, während er auf eine Sahnehaube ordentlich Karamellsirup ergoss und mit zittrigen Händen den durchsichtigen Deckel draufmachte.

Verschlafen wischte ich mir über die Augen. Bevor ich auch nur ansatzweise daran denken konnte, den Kunden ihre Dosis Koffein für den Tag mitzugeben, musste ich dringend selbst an das schwarze Gold herankommen.

Ohne Kaffee war ich nicht lebensfähig. Er war mein ganz persönlicher Betriebsstoff, ohne den ich einfach nicht in die Gänge kam. Aus eben besagtem Grund starrte ich Ernie womöglich eine Spur zu lange abwesend an.

»Sag mal, nimmst du Drogen?«, zischte mir der gutmütige alte Mann jenseits der sechzig leise zu.

Das Café war gerammelt voll. Nicht unüblich für diese Urzeit. Um acht Uhr dreißig trudelten die Geschäftsleute ein, um sich für den Tag zu wappnen. Ich war zwar keiner von ihnen und ich würde es – Gott sei mir gnädig – auch nie werden, doch in dieser Hinsicht waren wir alle gleich: Wir mussten uns betanken, um im Anschluss daran der Gesellschaft unseren Dienst zu erweisen.

»Ernie, die Nacht war kurz und …« Verlegen strich ich mir durchs Haar, während Ernie neben mir in seinem routinierten Gebaren innehielt.

»Niklas, du bist keine zwanzig mehr. Willst du den Job oder soll ich mir einen anderen Barista suchen?«

Das Funkeln in Ernies Augen war neu. Noch nie zuvor war der sonst so ruhige Mann in meiner Gegenwart dermaßen aus der Haut gefahren. Augenscheinlich hatte ich mir in der letzten Zeit ein paarmal zu oft einen Fehltritt erlaubt.

»Hallo? Wann geht es denn endlich weiter? Ich warte schon eine geschlagene Viertelstunde auf meinen Cappuccino mit Sojamilch. Wird das heute noch etwas oder soll ich gleich zur Konkurrenz?«

Ja, morgens war bei den meisten Menschen die Toleranzschwelle ziemlich niedrig angesiedelt. Meiner Meinung nach endete der Angriff des übermächtigen Osmanischen Reichs im siebzehnten Jahrhundert nicht an den Stadtgrenzen von Wien, wie uns die Geschichtsbücher weismachen wollten. Denn nur kurze Zeit später wurde der Kaffee, den die Belagerer mitgebracht hatten, in den ersten Wiener Kaffeehäusern angeboten und damit der Seuche Tür und Tor geöffnet. Wehret den Anfängen und so.

Wenn man so will, dann haben uns die Türken abhängig gemacht, uns den eigenen Willen genommen. Zumindest bis zur ersten wohltuenden Dosis am frühen Morgen. Wenn das schwarze Gold die Adern flutet, das Herz etwas schneller schlagen lässt und das Koffein schließlich im Kopf ankommt und einen Schalter umlegt, dann sieht die Welt doch gleich viel besser aus. Oder?

Doch bis dahin ist es ein steiniger Weg. Vor allem, wenn der Kaffeelieferant deines Vertrauens Engpässe bei der Versorgung hat.

»Ihr Kaffee ist gleich fertig, Miss«, beeilte sich Ernie zu sagen, während er mich immer noch mit bösen Blicken bedachte.

Ich angelte mir meine Schürze, während ich aus dem Zettelwirrwarr auf der Theke einfach nicht schlau wurde. Ernie hatte da sein ganz eigenes System, was mir den Mann echt sympathisch machte. Andererseits fehlte mir nun der Durchblick, den ich benötigt hätte, um ihn zu unterstützen.

Der Laden wurde immer voller, der Lärmpegel stieg ins Unermessliche. Mein Kopf schmerzte so sehr, dass ich kaum mehr in der Lage war, einen klaren Gedanken zu fassen. Schlimmer noch. Bisher glaubte ich, mein Job wäre so anspruchslos, dass ich ihn sogar im Tiefschlaf beherrschte. Weit gefehlt. Heute Morgen wollte mir einfach nichts gelingen. Wie war das noch gleich? Welche Zutaten verfeinerten doch gleich die Kaffeespezialität des Hauses, den *Morningbreaker*?

Offensichtlich war ich keinen Deut besser als Mitch und die anderen Weicheier.

»Hey, Niklas, irgendwie siehst du deinem Cousin heute Morgen ziemlich ähnlich. Nur mit dem einen großen

Unterschied, dass der noch immer über der Kloschüssel hängt und sich die Seele aus dem Leib kotzt.«

»Guten Morgen, liebe Stacy. Ich wünsche dir auch einen herrlichen Tag.« Was machte Mitchs Ehefrau denn hier? Das Café lag zwar auf dem Weg zum Kindergarten, allerdings hatte Stacy für gewöhnlich nie Zeit, sich einen Kaffee zu holen. Ich sah sie oft an dem Laden vorbeihetzen. Was war heute anders?

»Lass das Geplänkel! Was habt ihr gestern gemacht und wo habt ihr meinen Mann gelassen? Ich meine nicht die leblose Hülle, die sich zu Hause wie ein Häufchen Elend auf dem Badezimmerboden krümmt.«

Ach ja. Als wäre der Morgen nicht schon beschissen genug gewesen, segnete mich das Schicksal nun auch noch mit der wütenden Stacy.

»Hallo? Erde an Niklas. Schalte dein Hirn endlich mal ein. Heute ist Freitag, Mitch hätte nur den halben Tag arbeiten müssen, um sich am Nachmittag um die Kinder zu kümmern. Das wäre schön gewesen, denn dann hätte ich heute nach der Arbeit zur Maniküre gekonnt, um mich endlich für den langersehnten Urlaub zurechtzumachen. Und nun? Was soll ich denn jetzt machen? Du weißt ganz genau, dass meine Schwiegereltern im Urlaub sind. Wie konntet ihr es gestern nur so weit kommen lassen?« Stacy hatte beide Hände fest in die Hüften gestemmt und mittlerweile alle anderen Unterhaltungen im Café zum Verstummen gebracht. Sogar Ernie stand reglos neben mir und starrte hilflos in meine Richtung.

Wenn ich es aus dem Augenwinkel richtig deutete, dann

hatte er Mitleid mit mir.

»Mir steht dieser verdammte Urlaub so was von zu. Hast du eigentlich eine Ahnung, wie viele Nächte ich in den letzten Jahren nicht geschlafen habe?« Das zuckende Lid ihres rechten Auges erinnerte mich an die Sorgenmienen, die gestern bei dem Gespräch plötzlich aufkamen, als davon die Rede war.

»Hast du auch nur den Hauch einer Vermutung, wie es sich anfühlt, nur noch für einen anderen Menschen zu leben, sich körperlich und seelisch komplett aufzugeben? Weißt du, wie es ist, wenn du zigmal während deiner Tiefschlafphasen aufgeweckt wirst, weil der Nucki aus dem Bett gefallen, die Windel voll oder ein Gespenst im Zimmer deiner Kinder eingebrochen ist?« Die umstehenden Kaffeejunkies waren mittlerweile auf Abstand zu Stacy gegangen und hatten einen großen Kreis gebildet. Diejenigen, die in Reichweite zur Tür standen, ergriffen die Flucht. Der Rest wagte es nicht, die Aufmerksamkeit dieser offensichtlich übel gelaunten Mutter auf sich zu ziehen.

»Stacy, Mitch hat gestern einen über den Durst getrunken. Das kann doch mal passieren, wenn man mit den Jungs einen draufmacht. Oder?« Ich versuchte zu deeskalieren, untermalte die Bedeutungslosigkeit der gestrigen Geschehnisse, indem ich meine Hände in die Höhe riss.

Während mein Blick über die umstehenden Gäste schweifte, die mit weit aufgerissenen Augen noch immer dastanden und nun hektisch mit dem Kopf zu schütteln begannen, wurde Stacys leicht gerötete Gesichtsfarbe krebsrot.

»Niklas, das wirst du noch bereuen. Ich mache dich persönlich für alles verantwortlich, was an diesem Tag noch passieren wird.«

So plötzlich, wie sie gekommen war, drehte sich Stacy wieder um, lief durch den Korridor, den die Gäste für sie gebildet hatten, und verschwand.

Oje, gestern hatte die Wette noch nach leicht gewonnenem Geld ausgesehen. Heute war ich mir da nicht mehr so sicher.

»Wer ist der Nächste?«, beeilte ich mich zu sagen, um die unschöne Szene vergessen zu machen, während die eben noch kaffeehungrige und kaum bezwingbare Meute leise und freundlich ihre Bestellung aufgab.

Kapitel 4

»All meine Lieben an einem Tisch. Ist das nicht herrlich?«

Nun, im Vergleich zu einer Blinddarm-Not-OP oder lange andauerndem Brechdurchfall, bei dem man bereits sehr viel Flüssigkeit verloren hatte, war dieser Nachmittag bei Tante Heather sicher schön. So auf seine Art.

Wenn ich in die Gesichter der übrigen Gäste blickte, war ich mir jedoch ziemlich sicher, dass der ein oder andere – mich eingeschlossen – viel lieber zu Hause geblieben wäre.

Stacy warf mir über den mit Cookies, Cupcakes und selbst gemachter Zitronenlimonade übervoll gedeckten Tisch böse Blicke zu. Mitch wirkte drei Tage nach unserem Absturz noch immer etwas blass um die Nase.

Wann immer seine Augen über die mit Süßspeisen überladene Tafel vor ihm huschten, wendete er sich angewidert ab, schloss die Lider und legte seine Hand vor den Mund, als ob es ihm hochkäme. Armer Kerl. Ich hatte Mitleid mit ihm.

Bei der unkontrollierten Farbexplosion auf Tante Heathers Esszimmertisch mit all den bunten Cupcakefrostings und den glitzernden Schmetterlingen darauf konnte einem auch schlecht werden. Allerdings vermutete ich vielmehr, dass Mitch noch immer an den Folgen unseres Herrenabends zu knabbern hatte.

»Greift ruhig zu! In der Küche habe ich noch ein ganzes

Blech von den Cookies, die du doch so gerne magst, Niklas.« Tante Heather kniff mir mit Daumen und Zeigefinger fest in die Wange, als wäre ich wieder der kleine pausbäckige Junge von damals.

Es hatte Zeiten gegeben – mit die schwersten meines Lebens –, da waren Tante Heathers Köstlichkeiten ein Balsam für meine Seele gewesen, ein schützender Mantel, der all den Kummer von mir abprallen ließ.

Umso schlimmer waren diese exzessiven Fressgelage bei ihrem Geburtstag für mich, erinnerten sie mich doch schmerzlich an die dunklen Jahre zurück, die ich endlich hinter mir lassen wollte.

»Mitch, du isst heute ja gar nichts. Was ist denn bloß los? Sonst verdrückst du doch mindestens zwei Stück Kuchen. Soll ich dir etwas anderes bringen?«

Tante Heather goss sich derweil genüsslich den goldgelben Inhalt der Karaffe in ihr Glas, immer ein Lächeln auf den Lippen.

Mitch begann währenddessen vehement mit dem Kopf zu schütteln. Seine krausgezogene Nase und die schmerzerfüllten Augen verrieten überdeutlich, dass er nicht einmal mehr in der Lage war, über Essbares zu sprechen.

»Tante Heather, ich habe mir wohl einen Virus eingefangen.« Das spöttische Schnauben seiner Frau zu seiner Linken brachte ihn für einen Moment aus dem Konzept. Hektisch blickte er zwischen Tante Heather und Stacy hin und her, während er schließlich noch ergänzte: »Aber es sieht alles wie immer sehr ansprechend aus.«

Diplomatisch war er ja, mein Cousin. Dennoch konnte ich

mir ein schadenfrohes Lachen auf den Lippen nicht verkneifen. Mitch war nicht nur mit Xanthippe gestraft – so nannte ich Stacy seit einiger Zeit in Gedanken, da sie mich mehr und mehr an die Ehefrau des Philosophen Sokrates zu erinnern begann, den Inbegriff des zänkischen Weibes – , sondern er hatte auch alles verlernt, was er mir einst beigebracht hatte. So schnell würde der sicher kein Glas mehr anrühren.

»Was gibt es denn da zu lachen?«, fragte mich Tante Heather skeptisch, während sie ihr Getränk an den Mund führte.

»Nichts, nichts. Ich musste nur eben an einen Witz denken.« Versuchte ich mich in einer schlechten Ausrede. Lügen war noch nie meine Stärke.

Daraufhin meldete sich Xanthippe zu Wort: »Erzähl doch mal, Niklas! Wie läuft es im Job?« Neben Mitch und Stacy waren auch Sue und Emily, Mitchs Schwestern, mit ihren Familien gekommen.

Betretene Stille setzte ein, alle Augen richteten sich auf mich. Sogar die Kleinen schienen gerade gar nicht miteinander zu streiten oder begierig über die Kuchen herzufallen.

Xanthippes Blick sprach Bände, denn nun lag der Fokus auf mir. Sie wusste, wie sehr sich alle darum sorgten, was mal aus mir werden würde. Als wenn die sich um mein Leben Gedanken machen würden. Pah! Denen ging es doch nur darum, ein ums andere Mal das schwarze Schaf der Familie zu küren und ordentlich darauf einzudreschen, wann immer sich die Gelegenheit bot.

Gott, wie ich diese Familienfeiern hasste. Mom und Dad waren dankenswerterweise nicht anwesend. Die waren gerade mit Mitchs Eltern im Urlaub auf Hawaii. Auch Dad hätte es sich sonst sicher nicht nehmen lassen, über sein Leid mit mir als Sohn zu klagen.

»Junge, so langsam musst du dir wirklich Gedanken über deine Zukunft machen.«

Da war er auch schon wieder: Tante Heathers tiefer, ermahnender Tonfall in der Stimme, der ernstere Themen anging und sich nicht mehr den schönen Dingen des Lebens wie Kuchen oder dem Einwecken von Erdbeermarmelade widmete.

»Tante Heather, mach dir mal keine Gedanken um mich. Ich bin bisher immer ganz gut durchgekommen und werde euch allen sicher nicht zur Last fallen.« Xanthippes rollende Augen blendete ich aus, während ich die Hand meiner Tante tätschelte. Eigentlich war sie ja meine Großtante, aber in der Familie sprach jeder nur von Tante Heather, egal welcher Generation er angehörte.

»Solange es genügend Stoff gibt, mit dem du dir das Leben schöner machen kannst, bin ich davon überzeugt, dass dir das gelingen wird.«

»Huch, Stacy! Was meinst du denn damit?«

Tante Heathers aufgeschreckter Blick ließ mein Herz einen Schlag aussetzen. Stacy würde doch nicht nach all der Zeit diese alten Geschichten wieder aufwärmen. Oder?

Xanthippes Schläge waren mittlerweile unter der Gürtellinie angekommen. Es gab Dinge in meiner Vergangenheit, auf die ich nicht sonderlich stolz war. Mein

Drogenkonsum gehörte dazu. Aber das lag hinter mir.

In meiner rebellischen Jugend – also letztes oder vorletztes Jahr – hatte mich Stacy dabei erwischt, wie ich Tante Heathers Cookieteig beinahe um eine weitere frische Note ergänzt hätte.

Es war ein ebenso tristes Familienfest wie heute, dem ich gerne etwas Pep verliehen hätte. Etwas Marihuana hätte den steifen Spießern, die sich meine Familie schimpfte, sicher nicht geschadet.

Das aus diesem Event resultierte Video hätte ich anschließend auf YouTube hochgeladen, um meinen Verwandten, wann immer es nötig war, den Spiegel vors Gesicht zu halten.

Leider, leider war Stacy in die Küche gekommen, noch ehe ich den Inhalt des durchsichtigen Tütchens in den Teig schütten konnte. Stacy hatte sogleich eins und eins zusammengezählt und mich seither mit dieser alten Kamelle erpresst.

Warum mir so viel daran lag, vor Tante Heather weiterhin mit blütenweißer Weste zu stehen, konnte ich gar nicht so genau in Worte fassen. Doch ihre warmherzige Art und ihre Nachsicht mir gegenüber wollte ich mir um keinen Preis verspielen. Etwas Rückendeckung konnte schließlich auch ein einsamer Wolf vertragen.

Mitchs Gesichtsfarbe passte sich immer mehr der weißen Gardine hinter ihm an, während seine Augen wie wild hin und her zuckten.

»Stacy meint natürlich den Stoff, aus dem die Träume sind«, erwiderte er schließlich, nachdem sich seine grauen

Zellen endlich in Gang gesetzt hatten. Mit einem zaghaften Lächeln, das eher gequält als bekräftigend wirkte, versuchte er Tante Heather schließlich zu überzeugen.

Xanthippe setzte zum Gegenschlag an, während die übrigen Familienmitglieder dem Schlagabtausch angespannt zusahen. Emily und Sue wiesen die Kleinen an, ihre Klappe zu halten. So spannend wurde es selten bei Tante Heather, da wollte man doch nicht die Hälfte verpassen, weil eines dieser Gören um mehr Limonade bat.

»Nein, Stacy meinte eigentlich nicht … Aua. Sag mal, spinnst du?«

Noch ehe sie aussprechen konnte, was ihr ganz offensichtlich auf der Seele brannte, boxte Mitch sie in die Seite. Der Zischlaut, der daraufhin die Runde machte, war eindeutig als Empörung über die unlauteren Mittel zu deuten.

Dennoch war ich ihm unendlich dankbar dafür, dass er die Aufmerksamkeit nun auf sich zog und ich endlich aus dem Rampenlicht treten konnte. Mir behagte es nicht, im Mittelpunkt zu stehen. Dabei kam meistens nichts Gutes raus.

Während ich tief durchatmete, lenkte Liam das Gespräch am Tisch in andere Bahnen. Der Geschäftsmann hatte wohl zur alten Form zurückgefunden.

»Wann fliegt ihr Mädels jetzt eigentlich in den wohlverdienten Urlaub?«

Mit seiner Frage schlug er gleich zwei Fliegen mit einer Klappe: Tante Heathers Aufmerksamkeit lag nun endgültig nicht mehr bei der Dreierkonstellation, bestehend aus Mitch,

Xanthippe und mir, und ihre Neugierde war geweckt. Denn bisher hatte ihr noch niemand davon berichtet, dass die Frauen vorhatten, alleine nach Europa zu verreisen.

»Ihr verreist? Allein? Wo geht es denn hin? Wer fährt denn alles mit?«

Damit war die Büchse der Pandora geöffnet.

»Ach, das ist nicht weiter wichtig. Nur ein kleiner Trip, zu dem Drew, Emily, Miranda und ich uns aufmachen werden. Nicht der Rede wert.«

Während Xanthippe beschwichtigende Blicke in Richtung Pandora aussendete, sprudelte es plötzlich aus mir heraus: »Na ja, Europa ist mit Sicherheit nicht sonderlich begeistert darüber, dass du es als so unwichtig darstellst.«

Tja, und damit nahm die Sache ihren Lauf.

»Wie, ihr fliegt nach Europa? Allein? Was sagen denn die Männer dazu? Also, das hätte es in meiner Zeit nicht gegeben. Da lauern doch so viele Gefahren.« Und schließlich holte Tante Heather ihren selbst gebrannten Himbeerschnaps aus der gläsernen Vitrine hinter sich, um sich all den Schmerz und den Kummer, den ihre Lieben alljährlich an ihrem Geburtstag bei ihr abluden, hinwegzuspülen.

Komischerweise bot sie den nie jemandem an.

Während sie das erste Glas in einem Zug hinuntergespült hatte und sich bereits ein weiteres einschenkte, versuchte Emily zu beschwichtigen: »Wir werden nur in einem kleinen Hotel an der Côte d'Azur sein. Es gibt einen direkten Shuttle vom Flughafen dorthin und wieder zurück. Du brauchst dir wirklich keine Sorgen um uns zu machen.«

»Das sagt sich so leicht. Ihr habt ja keine Ahnung, wie es in Europa zugeht. Schaut ihr denn keine Nachrichten? Liam, Mitch, das kann doch nicht euer Ernst sein?«

Nach Tante Heathers Weltbild hatten noch immer die Männer das letzte Wort, was die familiären Entscheidungen anbelangte. Dass die beiden zu Hause kaum mehr etwas zu sagen hatten und unter den Pantoffeln ihrer Ehefrauen standen, hätte Tante Heather bis ins Mark getroffen.

Mitchs kläglicher Versuch, die Wogen zu glätten: »Die Frauen sind alle erwachsen und haben schon jeweils mindestens eine Geburt nahezu unbeschadet überstanden«, scheiterte jämmerlich an Tante Heathers Eingebung, resultierend aus dem dritten Glas Hochprozentigem: »Dann fahre ich eben selbst mit und habe ein Auge auf die Mädels. Ja, so machen wir das. Damit wäre mir gleich viel wohler.«

Der glucksende Laut, der mir daraufhin entwich, wurde von dem panischen Aufschrei übertönt, der sowohl Emily als auch Stacy über die Lippen kam.

»Also mir wäre es auch lieber, ihr hättet noch jemanden dabei, der etwas auf euch Acht gibt und sich um euch sorgt.«

Mitch wurde recht kleinlaut, während er diese Worte sprach, richtete den Blick gen Boden und wagte es nicht, seiner Frau in die Augen zu sehen.

»Bist du jetzt von allen guten Geistern verlassen?«, rief Stacy, während sie panisch nach Tante Heathers Flasche griff und sich ein Gläschen genehmigte.

»Ich meine, man hört ja immer wieder, wie gefährlich Europa ist. Bandenkriege, Drogenprobleme, Alkohol …«

»Mitch, du verwechselst da etwas. Die vier wollen nach

Frankreich verreisen und sich nicht in den üblen Vierteln Chicagos herumtreiben.« An dieser Stelle konnte ich es mir einfach nicht nehmen, meinen Senf zu der Sache beizusteuern. Die vier Frauen wollten ein paar Tage in einem der zivilisiertesten Länder dieser Erde verbringen – ich wusste, wovon ich sprach, schließlich hatte ich in der Vergangenheit schon einen ganzen Sommer dort gelebt – und nicht alleine im Kongo campen.

»Sag mal, Niklas?«, begann Tante Heather wieder das Wort an sich zu reißen, während ihre geröteten Wangen davon zeugten, wie sehr ihr der Schnaps bereits zu Kopf gestiegen war. »Warst du nicht neulich erst in Europa?«

»Ja, Tante Heather, das war ich. Und ich kam sogar an einem Stück zurück.« Ich zwinkerte der alten Dame zustimmend zu, während sie kurz überlegte und schließlich nachsetzte: »Na, dann ist die Sache doch ganz einfach: Niklas reist mit euch an die Côte d'Azur. Er hat eh nichts zu tun und mir ist bei der Vorstellung um einiges wohler.«

Während alle am Tisch sie entgeistert anstarrten, setzte sie hinterher: »Möchte noch jemand Kuchen oder ein Glas Limonade?«

Kapitel 5

Ja, das Schicksal meinte es echt gut mit mir. Der Stinkstiefel, der mich eigentlich nicht leiden konnte und mir sonst bei jeder Gelegenheit Sand ins Getriebe streute, benahm sich unverhofft wie mein bester Buddy.

Dennoch hatte ich skeptisch das rege Treiben beäugt, das plötzlich einsetzte, als Tante Heather auf der Geburtstagsparty am letzten Sonntag Anweisungen für den Urlaub der vier Frauen gab.

Ziemlich konkret und ohne auf Kompromisse einzugehen, hatte die resolute ältere Dame das Ruder an sich gerissen und jedes noch so kleine Widerwort der Frauen im Keim erstickt.

Mitch und Liam gerieten dabei immer weiter in Bedrängnis, da sie ja einerseits wollten, dass ich mit den Frauen in den Urlaub fuhr – ansonsten machte unsere kleine Wette ja auch wenig Sinn –, andererseits erwarteten Stacy und Emily ganz eindeutig von ihnen, dass sie für sie Partei ergriffen und Tante Heather in ihre Schranken wiesen.

»Also, ich finde Tante Heathers Vorschlag gar nicht mal so schlecht«, piepste Mitch kleinlaut, während er es nicht wagte, Stacy anzusehen.

»Wie bitte? Das ist ja wohl die Höhe.«

Stacys Gesichtsfarbe näherte sich bedrohlich dem Krebsrot, das Mitch mittlerweile hinreichend zu kennen schien. Er senkte sogleich den Kopf wie ein geprügelter Hund noch eine Spur tiefer und verstummte auf halbem Wege.

»Ich fände es auch besser, wenn Niklas euch begleiten würde«, beeilte sich Liam, seinem Freund den Rücken zu stärken. »Schließlich können wir ja nicht auf euch aufpassen.«

Belustigt lehnte ich mich in meinem Stuhl zurück. Eine Tüte Popcorn und ein Bier in die Hand und die Show konnte beginnen.

Wie angenehm es doch war, wenn man mal nicht das Tischgespräch darstellte – zumindest nicht im negativen Sinn, wobei das Emily und Stacy sicher anders sahen – und ganz wie beim Tennis vor der Mattscheibe einfach den fliegenden Ball beobachten konnte.

Aktuell lagen die Männer 1:0 hinten. Ich griff nun beherzt nach den Köstlichkeiten, die uns Tante Heather kredenzt hatte, ohne jedoch den Blick vom Spielfeld abzuwenden. Spannend diese Endspiele.

»Also, ich verstehe jetzt beim besten Willen nicht, wie ihr Niklas als Reisebegleitung vorschlagen könnt. Er ist absolut unzuverlässig, verliert jeden Job nach wenigen Wochen und kann kaum länger als ein paar Monate an Ort und Stelle verweilen.«

»Emily, deine Worte treffen mich bis ins Mark.« Ich gab mich gekünstelt eingeschnappt und griff mir theatralisch an die Brust. Tante Heather sah erst wütend in Stacys Richtung, dann tätschelte sie mir mitfühlend die Hand.

Emilys Augenrollen und ihr genervtes Aufstöhnen

belustigten mich. Mal sehen, was mir heute noch so geboten wurde. Der Nachmittag versprach, nun doch ganz amüsant zu werden.

»Niklas ist vielleicht nicht das Paradebeispiel, was Beständigkeit anbelangt.« Tante Heather hielt kurz inne, ehe sie fortfuhr: »Allerdings ist er eine Seele von Mensch, würde keiner Fliege etwas zuleide tun und ist so viel um die Welt gereist, dass er euch sicher in gleich vielerlei Dingen eine große Hilfe sein wird.«

Das Zähneknirschen der beiden Frauen am Tisch war bis zu mir rüber zu hören. Tante Heather formulierte keine Bitte mehr, sondern schaffte harte Tatsachen. Das schienen die beiden eben auch bemerkt zu haben.

Nun, was mich betraf, waren die zehntausend Dollar einfach zu verlockend, als dass ich einen Rückzieher machen wollte. Zudem ging es ja um meine Ehre. Ein Mann, ein Wort. So hieß es doch immer.

Und die Côte d'Azur war nun wirklich kein schlechtes Pflaster. Da hätte es mich durchaus schlechter treffen können: Urlaub auf der Schönheitsfarm mit Gurkenmaske und clean eating, Disneyland oder mein ganz persönlicher Graus: Kreuzfahrtschiffe.

Schlimmer ging immer, und ein Lächeln umspielte meine Lippen, als ich daran dachte, wie viel Spaß der Trip machen würde. Ich musste nur zusehen, dass die Mädels nach meiner Pfeife tanzten. Das sollte jedoch wirklich kein großes Problem für mich werden.

Schließlich war ich schon ohne Begleitung nur mit einer Machete bewaffnet durch den brasilianischen Dschungel gereist, hatte bei Ureinwohnern gelebt, die mich nicht verstanden, und mich gegen wilde Tiere behauptet.

Ich war ein Überlebenskünstler par excellence, auch wenn mich meine Familie für einen Taugenichts hielt, der bei jedem Problem das Weite suchte. Sollten sie doch denken, was sie wollten. Ich konnte damit prima leben. Schließlich wusste ich es ja besser.

»So? Wobei denn?«, hakte Stacy mit zusammengepressten Lippen nach, während sie ihre Arme fest vor dem Körper verschränkt hielt.

Sie wappnete sich eindeutig für eine längere Auseinandersetzung und war nicht gewillt, den Kürzeren zu ziehen. O nein. Wer glaubte, Stacy wäre eine dieser Frauen, die sich noch etwas sagen ließen, war definitiv falsch gewickelt.

»Na ja, Niklas kennt sich in Südfrankreich gut aus. Er weiß, wie das mit dem Fliegen funktioniert, er ... Nun, er hat Zeit. Das ist wohl der wichtigste Faktor. Außerdem täte es Niklas sicher mal richtig gut, wenn er etwas mehr Zeit in der Gesellschaft von Frauen verbringen würde.«

Gut, Tante Heather hätte vielleicht etwas mehr auf meine Reiseführerqualitäten eingehen können, doch im Grunde hatte sie ja recht: Ich hatte Zeit und Lust, mich der Herausforderung zu stellen. Packen wir es an!

Aber was sollte denn der letzte Satz? Mehr Zeit mit Frauen? Wofür?

»Kommt ja gar nicht in die Tüte.« Emily holte zu einem neuerlichen Gegenschlag aus. »Niklas wird ganz sicher nicht mit uns mitkommen. Wir sind erwachsene Frauen, die sich gut alleine durchschlagen können.« Das vehemente Nicken, das daraufhin bekräftigend von Stacy einsetzte, zeugte von dem Kampfwillen, den die Frauen an den Tag legten. So leicht würden sie sich nicht geschlagen geben. Leider.

Die Männer sahen noch immer betreten zu Boden, während die Kinder allmählich wieder zur gewohnt aufmüpfigen Form zurückfanden und damit begannen, mit Kuchen um sich zu werfen.

»Das ist ja der Punkt: Ihr seid nur vier Frauen, die noch nie in Europa waren, keine Ahnung von den kulturellen Unterschieden haben … Wenn ich an die Terrorserie denke, die dort aktuell die Menschen in Aufregung versetzt, dann wäre es mir wirklich wohler dabei, ein Mann hätte ein Auge auf euch.«

Dabei sah Tante Heather besorgt in die Runde. Als sie bemerkte, dass die Stimmung zu kippen drohte, warf sie noch ein: »Vielleicht findet ihr ja auch eine nette Frau für Niklas.«

»Tante Heather, jetzt mach aber mal nen Punkt. Wir fliegen nicht in irgendein Entwicklungsland, sondern nach Europa. Hatten wir nicht sogar Vorfahren aus Frankreich? Die Terrorgefahr ist mittlerweile leider überall ein Thema. Seit den Anschlägen in New York vor fünfzehn Jahren ist die Welt eine andere. Aber sollen wir uns deshalb all die Freuden des Lebens nehmen lassen, nur noch in der Wohnung sitzen und die Tür fünffach verbarrikadieren? Was ist das denn für ein Leben? Außerdem ist die Gefahr, bei einem Autounfall ums Leben zu kommen, viel höher.« Stacy wirkte allmählich etwas ruhiger. Anscheinend hatte sie den ersten Schock überwunden. Offensichtlich meinte sie, die Katastrophe noch abwenden zu können. Da hatte sie die Rechnung ohne Tante Heather und vor allem ohne ihren Mann gemacht.

Wenn die wüsste, was hinter ihrem Rücken bereits für Pläne geschmiedet worden waren, säße sie mit Sicherheit nicht mehr so gelassen da. Die Jungs hatten bereits ein Hotelzimmer und Flugtickets für mich gebucht. Diese Diskussion war für sie also eindeutig zum Scheitern verurteilt.

Ich lehnte mich noch eine Spur weiter zurück. Während sich um mich herum alles ins Chaos stürzte: Drei der Kinder hatten eben ihre Limonade umgeschmissen, als die Kuchenschlacht gänzlich aus dem Ruder lief. Das monotone Tropfen der auf dem Fußboden aufkommenden Limonade klang wie das Ticken einer Bombe, die in wenigen Sekunden hochging.

Die Auseinandersetzung bezüglich meiner Teilnahme an dem Urlaub war mittlerweile so laut, dass man seine eigene Stimme nicht mehr hören konnte. Während zu Beginn alle gesittet darauf gewartet hatten, dass der eine mit seiner Meinung endete, sprachen jetzt alle wild durcheinander.

Ich schnappte mir einen der Cupcakes, nahm den Teller samt Kuchengabel in die Hand und sah zwischen den unterschiedlichen Lagern – pro Niklas, kontra Niklas – hin und her. Das Frosting war Tante Heather ausgesprochen gut gelungen. Die leicht zitronige Note verlieh dem eigentlich so schweren Gebäck eine angenehme Frische. Bei Gelegenheit musste ich sie dringend um das Rezept bitten.

Nicht, dass ich viel in der Küche stand. Nein, das sicher nicht. Aber man konnte ja nie wissen. Dinge änderten sich. Manchmal. Ein gutes Cupcakerezept konnte dabei bestimmt nicht schaden.

»Wie siehst du das denn, Niklas? Würdest du denn überhaupt mit Stacy, Emily, Miranda und Drew in den Urlaub fahren wollen?«

Das Stück Kuchen, das ich mir eben in den Mund geschoben hatte, fühlte sich plötzlich staubtrocken in meiner Kehle an. Seit wann fragte Tante Heather denn nach meiner Meinung? Seit wann fragte sie nach irgendjemandes Meinung? Würde ich jetzt am Ende das Zünglein an der Waage sein?

Diese Rolle gefiel mir überhaupt nicht. Panisch blickte ich zu Mitch und Liam hinüber. Doch das hätte ich mir sparen können. Von den beiden war keine Hilfe zu erwarten. Mit zuckenden Schultern und weit aufgerissenen Augen sahen sie mich an, während Tante Heather noch immer auf meine Antwort wartete.

»Also, ich … hätte Zeit.« Während ich auf den Shitstorm der Frauen wartete, genoss ich wenigstens für einen klitzekleinen Moment das Gefühl, es zumindest einer Frau am Tisch recht gemacht zu haben.

Tante Heather nickte mir zufrieden zu, während sie abermals meine Hand tätschelte. Die tiefen Furchen in ihrem Gesicht zeugten von einem langen und abwechslungsreichen Leben. Die wässrigen Augen schienen alt, und dennoch verströmten sie so viel Kraft und Zuversicht, dass ich mir ein Beispiel an ihr nahm.

»Nur über meine Leiche! Der ...« Dabei deutete Stacy angewidert mit dem Zeigefinger auf mich und sah mich an wie eine lästige Küchenschabe, die es gewagt hatte, in ihr Blickfeld zu kriechen. »Der kommt auf gar keinen Fall mit. Das könnt ihr vergessen.«

»Stacy, Liebes, wolltest du nicht unbedingt noch diese äußerst kostspiel..., ich meine erfolgversprechende Buchung in eurem Hotel vornehmen, die sich da Verjüngungskur schim... also, nennt. Außerdem hast du doch schon des Öfteren davon gesprochen, dass Niklas dringend mal eine Frau an seiner Seite bräuchte, die ihm zeigt, wie der Hase läuft. Das wäre deine Chance.« Mitch standen buchstäblich die Schweißperlen auf der Stirn, während er händeringend seine Frau zu überzeugen versuchte. Ein verzweifelter Mann ist so einiges bereit zu geben, wenn es um seine Ehre geht.

Wie ein angeschossener Hund saß er auf seinem Stuhl, kaum in der Lage, aufrecht zu sitzen. Und dennoch gab er nicht auf. Nein, er kämpfte mit all den Mitteln, die einem verzweifelten Mann zur Verfügung standen. Immer in der Hoffnung, eine Handbreit Wasser unter den Kiel zu bekommen.

Leicht war die Aufgabe sicher nicht und ich hätte für nichts auf der Welt mit ihm tauschen wollen. Mein Junggesellendasein in die Waagschale zu werfen, war dennoch nicht die richtige Strategie. Das war so nicht abgemacht. Ich wollte in diesem einwöchigen Urlaub keine Frau finden, sondern lediglich die Anforderungen erfüllen, um die zehntausend Dollar zu kassieren.

Ich blickte zu Stacy rüber, die mit fest

aufeinandergepressten Lippen dasaß und ihren Mann anstarrte. Sie war wirklich ein zäher Brocken. Als sich ihre Augenbraue nach Mitchs Angebot nur unmerklich nach oben zog, wusste ich dennoch, dass er sie mit seinem Angebot geködert hatte. Womöglich fand sie den Umstand auch toll, mir eine Braut zu suchen. Wer weiß das schon so genau.

Jetzt hieß es dranbleiben, keine Schwäche zeigen und den Angelhaken langsam und mit Bedacht nach oben ziehen. Ganz langsam! Immer nur ein Stück! Vorsichtig, nicht so schwungvoll!

»Du solltest dir mal wieder etwas gönnen. Die letzte Zeit mit den Kindern war sehr anstrengend für dich.« Stacys sprunghaft nach oben schnellende Augenbrauen zeugten von ihrer Skepsis. Jetzt bloß keinen Fehler machen. Ein Wort zu viel und sie hatte die Lunte gerochen. »Ich finde, du solltest diesen Urlaub in vollen Zügen genießen. Denn du hast es dir mehr als verdient.«

»Okay, Niklas …« Nun fiel ihr Fokus zurück auf mich. »Was genau hast du meinem Mann am Donnerstag verabreicht? Drogen? Psychopharmaka? Hm? Spuck's schon aus?«

»Also, ich verbitte mir diesen Ton in meinem Haus. Niklas ist ein anständiger Junge. Er würde nie auf die Idee kommen, solch einen Mist zu nehmen, geschweige denn, seinen Cousin damit zu vergiften. Wie kommst du da nur drauf?« Tante Heather sprang abermals für mich in die Bresche und funkelte Stacy wütend an.

»Ich wollte es ja eigentlich nicht sagen, aber Niklas …«,

begann Stacy, und ich wusste bereits, dass sie auf den Zwischenfall in Tante Heathers Küche von vor einigen Jahren anspielen wollte.

»Stacy, dein Mann meint es gut mit dir, will dir eine Reise mit allem Drum und Dran spendieren, und du hast nichts Besseres zu tun, als nach dem Haar in der Suppe zu suchen«, beeilte ich mich, Stacy den Wind aus den Segeln zu nehmen.

»Als ich so jung war wie ihr, da hätte es das nicht gegeben. Schaut, Emily und Stacy, wir machen uns ja alle nur Sorgen um euch und wollen sicherstellen, dass wir euch wohlbehalten und an einem Stück zurückbekommen.« Tante Heather blickte ängstlich in die Runde und wischte sich dann eine Träne aus dem Auge. »Aber wenn ihr partout nicht mögt und mich hier wie auf heißen Kohlen sieben Tage schmoren lassen wollt, dann fahrt ruhig allein.«

»Aber Tante Heather …«, setzte schließlich Emily beschwichtigend ein.

»Nein, nein. Das ist schon in Ordnung. Ich war zwar erst vor Kurzem bei Dr. Hemsworth, und er meinte, dass ich auf meine alten Tage Stress wegen meinem schwachen Herzen vermeiden sollte, aber das ist sicher nicht so schlimm. Nein, bestimmt hat Dr. Hemsworth einfach nur übertrieben, wie damals, als er die vermeintliche Blutvergiftung in meinem linken Bein festgestellt hat. Hm … in der Klinik hieß es zwar, dass ich in allerletzter Sekunde gekommen sei, aber was hat das jetzt schon mit meinem schwachen Herzen zu tun. Nicht?«

Mit heruntergeklappten Mündern saßen wir alle am Tisch und bestaunten Tante Heahters »*Wie rede ich jemandem möglichst eindringlich ein schlechtes Gewissen ein und gelange schließlich doch noch an mein Ziel«.*

Alle Achtung! 1:1. Die Frau verstand es, mit allen Mitteln zu kämpfen. Als sie merkte, dass sie mit ihrem Befehlston nicht weiterkam, drückte sie einfach auf die Tränendrüse. Das war mir in dieser Perfektion noch nie an ihr aufgefallen. Chapeau!

»Ich denke, wir werden eine Lösung finden, die uns allen gerecht wird.« Emily fand von uns allen als Erste die Sprache wieder. »Niklas, halte dir doch die letzte Juliwoche frei. Da geht die Reise los. Aber glaub ja nicht, das wird ein Zuckerschlecken für dich. Wir alle wissen, wie viel Tante Heather daran liegt, dass du unter die Haube kommst. Stacy und ich werden da sicher unsere Freude dran haben, dich in die hohe Kunst einzuführen, den geduldigen Ehemann zu geben. Lass dich überraschen.«

Mir blieb das Stück Kuchen im Hals stecken, während Tante Heather selig zu Emily blickte.

Noch ehe Stacy beginnen konnte, ihren Senf zu Emilys überaus weisem Entschluss beizusteuern, traf sie ein Teelöffel voll Frosting mitten im Gesicht. Der Übeltäter saß ihr schräg gegenüber, hielt das Corpus Delicti noch immer in der Hand, während ihr freudiges Grinsen auf den Lippen erstarb.

Den restlichen Nachmittag hatte Stacy ein neues Gesprächsthema gefunden: Kinder und ihr Ungehorsam sowie ihre Unfähigkeit, den Anweisungen der Eltern zu folgen.

Ja, ja, wenn Stacys Tochter nicht gewesen wäre, dann

hätten wir uns noch weiter über mich und meine Bindungsunfähigkeit unterhalten. Wie ich mein Leben gestaltete, ging wirklich niemanden etwas an. Das war allein meine Sache.

Die letzte Juliwoche näherte sich mit Siebenmeilenstiefeln, während ich versuchte, dem Großereignis des Jahres gelassen entgegenzublicken. Denn für mich würde sich an der Tatsache nichts ändern: Das war der Lottogewinn, auf den ich seit Jahren gewartet hatte und den ich spielend leicht kassieren würde. Das stand außer Frage.

An Tagen wie heute, an denen mir Stacy bereits die dritte überarbeitete Reiseliste zukommen ließ, auf der penibel genau aufgeführt war, was wir mitzunehmen hatten, dachte ich einfach an die Zeit danach und löschte die Nachricht aus meinem E-Mail-Account. So einfach war das.

Kapitel 6

Am Flughafen angekommen, hätte man fast meinen können, ich wäre erneut auf dem Weg zu einem Auslandseinsatz in Afghanistan. Dabei ging es ja wohlgemerkt nur für eine Woche nach Europa in ein Luxushotel.

»Mensch, Bro, ich finde das echt so mutig von dir.« Liam legte seine Hand andächtig auf meine Schulter, während er mich mit diesem Singsang in der Stimme den Todgeweihten übereignete.

Noch ehe ich etwas erwidern konnte, begann Mitch in die Melodie einzustimmen. »Es tut mir leid, wenn ich in letzter Zeit nicht immer der Cousin war, den du gebraucht hättest.« Die tiefe Furche auf seiner Stirn ließ mich glauben, dass er das, was er da von sich gab, für bare Münze hielt.

Als sich nun auch Noah und Brian von ihren Ehefrauen losrissen, die weinenden Kinder bei ihren Müttern zurückließen und zu mir rüberkamen, ebenfalls mit diesen ernsten Mienen im Gesicht, konnte ich mir dieses bizarre Trauerspiel nicht länger mit ansehen.

»Leute, ihr tut ja gerade so, als würde ich einem Himmelfahrtskommando überstellt werden.« Ich schüttelte ungläubig mit dem Kopf, als Brian und Noah sich schließlich in den Kreis, der sich um mich gebildet hatte, einfanden.

»Unterschätz das mal nicht. Ich habe wirklich ein

schlechtes Gewissen, wenn ich daran denke, dass diese Idee auf meinem Mist gewachsen ist.« Brian senkte den Kopf ein wenig, und ich kaufte ihm beinahe ab, dass es ihm leidtat.

»Hey, Brian, das war nicht deine Schuld. Der Alkohol, dann diese aufgeheizte Atmosphäre am Strand, die Volleyballerinnen direkt vor der Nase …«

»Noah, worauf möchtest du hinaus?«, fragte ich ihn schließlich, bevor dieser weiter in seiner Erinnerung kramen und noch mehr Dinge zutage befördern konnte, die in diesem Zusammenhang, unweit seiner Ehefrau, vielleicht nicht unbedingt angebracht waren.

Denn wenn ich eines in der Vergangenheit gelernt hatte, dann, dass Frauen ihre Ohren dermaßen spitzen konnten, dass sie im größten Trubel eine Ameise pupsen hören konnten.

Da die vier noch immer nicht davon ausgingen, dass es bei meiner Mitreise mit rechten Dingen zugegangen war, lagen sie sicher auf der Lauer und warteten nur darauf, dass einer von uns mehr preisgab, als uns allen lieb war.

Er räusperte sich verlegen, als er verstand, wozu er sich beinahe hätte hinreißen lassen.

»Also, ich denke, Brian trifft keine Schuld … Ähm, ja, das wollte ich wohl damit sagen.« Verlegen kratzte er sich im Nacken, während ich verstohlen zu meinen vier Reisebegleiterinnen rüberschielte.

Doch da herrschte gerade noch reges Treiben. Ein Teil der Großeltern war mit an den Flughafen gekommen und erhielt noch auf die Schnelle letzte Instruktionen. Anscheinend traute man den eigenen Ehemännern nicht zu, die

Versorgung ihrer Kinder eigenständig in den Griff zu bekommen.

Was für ein Trauerspiel! Und ich mittendrin, anstatt nur dabei. Eigentlich war ich die Ruhe selbst, doch die vier Luschen um mich herum erzeugten schlechtes Karma. Ihre Angst war meilenweit gegen den Wind zu riechen, dabei war ich es ja, der mit Xanthippe und ihren Freundinnen in den Urlaub fuhr und nicht sie.

»Ach ja. Bevor ich es vergesse: Niklas, du solltest unbedingt darauf achten, dass du …«

»Was kommt jetzt? Darf ich Stacy nach Mitternacht nicht füttern, da sie sonst zum Gremlin mutiert?« An dieser Stelle musste ich selbst schmunzeln.

»Mach dich ruhig lustig über mich, Niklas. Weißt du was? Das Beste wird sein, du machst dir selbst ein Bild der Lage.« Mitch verschränkte die Arme vor der Brust und sah besserwisserisch auf mich herab.

»Besser so«, erwiderte nun Brian. »Schließlich geht es ja bei unserer Wette um eine ordentliche Stange Geld. Da muss Niklas sich schon allein durchbeißen, finde ich. Wobei mir wirklich wohler beim Gedanken ist, dass die Mädels nicht alleine reisen. Die aktuelle Sicherheitslage ist nirgends abzuschätzen. Niklas bei den Frauen zu wissen, finde ich jedoch sehr hilfreich.«

Die anderen Männer nickten zustimmend, während ich mir abermals die Frage stellen musste, warum ich mich auf diesen Kindergarten überhaupt eingelassen hatte.

Geld hin oder her. Diese Scharade war mehr, als ich ertragen konnte. Da wäre ich beinahe lieber bei Ernie geblieben und hätte diese geschniegelten Anzugträger mit Kaffee versorgt. Ja, das hätte ich wirklich, wenn dieser mich nicht vor einer Woche so mir nichts, dir nichts entlassen hätte.

Wobei die Kündigung jetzt nicht wirklich aus heiterem Himmel ins Haus geflattert war. Nachdem ich einige weitere Male zu spät gekommen war, hatte Ernie irgendwann die Faxen dicke gehabt und mich ohne Vorwarnung rausgeschmissen.

Julian stand kurz davor, mich aus der Wohnung zu werfen. Allerdings hatte ich ihn davon überzeugen können, dass mir demnächst ein hübsches Sümmchen zukommen würde, das all meine Probleme und damit gleichsam auch seine lösen würde. Zumindest auf Zeit.

Mein Mitbewohner hatte mich finster angesehen und versucht, mich auf den rechten Pfad der Tugend zurückzubringen. Glaubte er doch, ich hätte mich der Mafia verschrieben oder gar eines meiner Organe verkauft.

Julian war echt ein guter Kerl, und ich schämte mich regelrecht dafür, dass ich ihm die Wahrheit vorenthalten musste. Aber die Abmachung mit den vier Männern – pardon, Luschen – sah vor, dass wir Stillschweigen darüber bewahrten, was wir vereinbart hatten, und keine Außenstehenden einweihten.

Im Grunde war diese Regelung sicher für alle das Beste. Außer für Julian. Der glaubte nun tatsächlich, ich hätte Dreck am Stecken. Also noch mehr als zuvor. Meine bewegte Vergangenheit machte wohl kaum mehr einen Klosterschüler aus mir, doch wirklich kriminell wurde ich bisher nie, zählte man den Cannabiskonsum nicht dazu.

»Na, was steht ihr denn so verschwörerisch beisammen?« Da war sie wieder: die weibliche Intuition, die einem ratzfatz einen Strich durch die Rechnung machen konnte, wenn man nicht cool blieb.

Der Angstschweiß auf Mitchs Stirn glänzte verräterisch, während sich die anderen Hilfe suchend ansahen.

»Die Jungs wollten mir nur Hals- und Beinbruch für die Reise mit euch wünschen.« Ich beeilte mich, Emily davon abzuhalten, uns auf die Schliche zu kommen. »Weiter nichts.« Ohne Erfolg. Sie schenkte meinen Worten keinen Glauben. Das musste sie gar nicht sagen, stand es ihr doch sprichwörtlich ins Gesicht geschrieben.

Mitchs jüngere Schwester war mit Abstand die gelassenste der vier Frauen. Meiner Cousine waren in unserer Kindheit meist noch mehr Streiche eingefallen als mir. Sie war ein richtiger Lausbub gewesen, hatte sich die letzten Jahre aber nicht unbedingt zum Besseren entwickelt.

Gott, wenn ich es nicht besser wüsste, würde ich fast meinen, sie hätte einen Stock im Arsch. Wirklich. Sie benahm sich plötzlich so erwachsen, war kaum mehr zu Späßen aufgelegt und trietzte mich in letzter Zeit öfter als Stacy.

»Wer's glaubt, wird selig. Aber eins lasst euch gesagt sein: Die Sache ist noch nicht vom Tisch. Letztendlich habt ihr euren Willen bekommen und Niklas wird mit uns verreisen. Doch glaubt nicht, dass hierbei schon das letzte Wort gesprochen wäre.«

»Nun, wenn ich gleich mit euch in den Flieger steige,

haben wir definitiv für Tatsachen gesorgt, würde ich meinen.« Besser wäre es wohl gewesen, ich hätte mir einfach meinen Kommentar verkniffen. Doch irgendein kleiner Teufel in mir wollte einfach, dass ich mich der kleinen Emily widersetzte und mich mit den Trotteln um mich herum nicht auf eine Ebene stellte.

Grundsätzlich war ich nicht einer dieser Machos, die immer im Recht sein mussten und es nicht ertragen konnten, wenn ihnen eine Frau überlegen war. Das sicher nicht.

Nachdem die Frauen in meiner Familie samt ihrer Freundinnen mittlerweile davon ausgingen, das Zepter fest in der Hand zu halten, musste ich einfach Kontra geben. Schließlich war ich der Einzige auf weiter Flur, der es mit dem sich herauskristallisierenden Matriarchat aufnahm, um das Übel von uns allen fernzuhalten.

»Liam, ich hoffe, du weißt, was du in meiner Abwesenheit zu tun hast.« Das war kein netter Denkanstoß, sondern eindeutig eine Drohung.

Liam erschrak dermaßen, dass er regelrecht zusammenzuckte.

In Gedanken schlug ich mir gegen die Stirn und konnte mein Glück kaum fassen: So einfach wie auf diesem Trip in die Hölle – so nannte ich die sieben Tage, die mir mit den vier Grazien des Teufels bevorstanden – hatte ich noch nie Geld verdient.

Und das war auch alles, was zählte. Ich würde diese Mimosen einfach durch Nichtbeachtung strafen, mein eigenes Ding durchziehen und am Ende von diesen vier Waschlappen zu meiner Rechten und Linken als Held gefeiert werden. So sah es aus. Zumindest in meiner Wunschvorstellung dreißig Minuten vor Abflug.

***

Familie und Freunde trennten sich von ihren Lieben, wünschten eine gute Reise und baldige, gesunde Rückkehr. Am Flughafen lag Freud und Leid sehr nah beieinander. Kinder weinten, Pärchen hielten sich eng umschlungen in den Armen, während andere akribisch genau die Anzeigentafel studierten.

Die einen konnten es kaum erwarten, endlich in den Urlaub zu kommen, wieder andere hetzten genervt durch den Pulk an wahllos herumstehenden Fluggästen, um ihre wenig freudvolle Geschäftsreise anzutreten. Und mittendrin stand ich. Ganz allein.

Meine Bandkollegen waren nicht bei mir. Den Flug nach Europa würde ich getrennt von ihnen überstehen müssen.

Während ich mich in die lange Schlange der Wartenden einreihte, um mein Gepäck aufzugeben, fiel mein Blick auf eine Gruppe von Menschen, die nur schweren Herzens voneinander Abschied nehmen konnte.

Neben einigen kleinen Kindern konnte ich auch die Großeltern, die Eltern und weitere Mitglieder der Großfamilie ausmachen. Das Wechselbad der Gefühle, das sich in ihren Gesichtern abzeichnete, konnte ich erst nicht richtig einordnen.

Als die Kinder ihren Mamis in die Arme liefen, sie fest

umklammerten, während ihren Müttern die Tränen über die Wangen kullerten, schluckte ich schwer gegen den Kloß in meinem Hals an.

Ich war ein unglaublich empathischer Mensch. Einerseits ein Segen, doch andererseits auch ein Fluch. Es war mir nicht vergönnt, unbekümmert an meinen Mitmenschen vorbeizulaufen. Wie ein Magnet zogen mich ihre Probleme und Sorgen an, sodass ich des Öfteren genauer hinsah, wenn es für mich und mein Gefühlsleben besser gewesen wäre, einfach wegzusehen.

Schließlich hatte ja keiner etwas davon, wenn ich jetzt am Flughafen anfing zu weinen, weil sich mir vollkommen unbekannte Kinder nur schweren Herzens von ihren Müttern trennen konnten.

Ein Stich durchfuhr mein Herz, als ich an meine Mom denken musste. Sie hatte mir immer den sicheren Halt im Leben geboten, den ich brauchte, war immer für mich da. Bis zu dem einen Tag vor vielen Jahren, als sie mich für immer verließ.

»Mommy, Mommy, bringst du mir auch einen Lutscher aus Europa mit?«, fragte eines der Kleinen zuckersüß, als gäbe es nichts Wertvolleres für ihn.

»Aber sicher doch.« Die Mutter kniete sich zu dem schätzungsweise Dreijährigen auf den Boden, umschloss seine pausbäckigen Wangen mit ihren perfekt manikürten Händen und küsste ihn liebevoll auf die Stirn.

»Sei schön brav, mein kleiner Schatz, und mach es Daddy nicht allzu schwer.«

»Mach ich nicht, Mommy. Du kennst mich doch.«

Als sie zu lachen begann, konnte ich mir ein Schmunzeln auch nicht verkneifen.

»Stacy, ihr müsst jetzt los«, sagte ein Mann, der der Mutter des Kleinen einfühlsam über den Rücken strich. Sicher ihr Ehemann.

Die Lippen der beiden trafen so leidenschaftlich aufeinander, dass ich meinen Blick nicht von ihnen abwenden konnte. Eigentlich hätte es mir peinlich sein müssen, die beiden mir völlig unbekannten Personen in ihrer Intimität zu stören. Dennoch war ich nicht in der Lage, meinen gaffenden Blick von den beiden abzuwenden.

Schmerzlich wurde mir auf diese Weise vor Augen geführt, wie wenig ich von diesem perfekten Familienidyll in meinem Leben bisher erleben durfte. Nach dem Tod meiner Mutter gab es keine Familie mehr für mich. Einen Mann an meiner Seite, der mich aus tiefstem Herzen liebte und mir eine ebenso filmreife Liebesszene zum Abschied am Flughafen schenkte, gab es auch nicht.

Bevor ich weiter Trübsal blasen konnte, wandte sich ein Mann aus dieser Gruppe mir zu. Die dunklen Augen im Kontrast zu dem blonden Haar fixierten mich, während ich mich plötzlich ertappt fühlte.

Schließlich hatte ich diese Menschen wie ein Voyeur beobachtet und einen sehr privaten Moment akribisch unter die Lupe genommen. Es stand mir nicht zu, dermaßen in die Privatsphäre dieser Leute einzudringen. Ich errötete unter der Vorstellung.

Vielleicht lag es aber auch daran, dass sich der Mund des Mannes zu einem Lächeln verzogen hatte, als er mich sah.

»Miss? Hallo? Sie können an meinen Schalter kommen. Hören Sie mich?«

»Oh, ja, entschuldigen Sie bitte.« Ich zerrte meinen sperrigen Koffer zu dem Schalter, an den mich die Flughafenmitarbeiterin gerufen hatte, und eilte im Anschluss, ohne einen Blick zurückzuwerfen, zur Sicherheitskontrolle.

Wohin diese sehnsüchtig dreinblickenden Augen wohl reisen würden, fragte ich mich, verwarf den Gedanken jedoch schnell wieder und konzentrierte mich auf meine eigene Reise.

Kapitel 7

Nach ungefähr der Hälfte der Flugzeit in das mir mittlerweile unglaublich weit weg erscheinende Europa war ich geläutert. Zumindest war ich nicht mehr ganz so überzeugt davon, dass ich meinen Dreipunkteplan so in die Tat umsetzen können würde.

Die Blondine, deren Strapse unterhalb der Uniform deutlich hervorblitzten, hatte mir bereits beim Betreten des Flugzeuges mit ihren Augen überdeutlich zu verstehen gegeben, dass sie mich wollte. Woran ich das merkte? Nun, ein Mann weiß das einfach.

Während ich noch überlegte, wie und ob es sich für mich lohnen könnte, dem blonden Engel Avancen zu machen, half mir das Schicksal – in letzter Zeit für meine Verhältnisse vielleicht etwas überambitioniert – auf die Sprünge.

Kaum hatte der A380 seinen Schnabel über die Wolken hinausgestreckt, waren die fleißigen Damen vom Service wie Honigbienen auf der Suche nach dem besten Blütenstaub ausgeflogen, um uns vermeintlich Verdurstenden vom Elend zu befreien. Richtig: Sie fuhren mit ihren Wägelchen aus, um uns Getränke zu reichen.

»Was darf ich Ihnen zu trinken bringen?«, fragte der personifizierte Sex auf zwei Beinen mit dieser Stimme, die einen Donald Trump zum Demokraten bekehren würde.

»Nimm bloß kein Bier«, ächzte Stacy neben mir. »Das

verträgst du nicht und dann musst du nur wieder pupsen.«

Während ich mich darauf konzentrierte, Stacys Worte mit Nichtbeachtung zu strafen, und der Stewardess mein verführerischstes Lächeln zuwarf, ergänzte Emily: »Und bloß keine Cola. Davon bekommst du doch immer Sodbrennen.«

Langsam, aber sicher stieg mir die Schamesröte ins Gesicht. Das schelmische Lächeln, das sich auf Stacys Lippen geschlichen hatte, verriet mir, dass sie es dabei nicht belassen würden. Nein, die vier hatten einen Pakt geschlossen, um mir das Leben während der nächsten sieben Tage zur Hölle zu machen.

Nun, zumindest die Tour mit der hübschen Stewardess hatten sie mir gründlich vermasselt. Die hielt mir einen Plastikbecher Wasser – natürlich, ohne Kohlensäure – entgegen und trollte sich dann weiter den Gang entlang. Schade. Das wäre mal was gewesen. Sex über den Wolken bekam man ja schließlich nicht alle Tage geboten.

Auf diesem Flug schwand die Chance für mich jedoch zusehends, auch nur ansatzweise in den Genuss zu kommen. Und wem hatte ich das zu verdanken? Den vier Grazien, denen ich eigentlich mal hatte zeigen wollen, wo der Hammer hängt. Wenn ich jetzt nicht aufpasste, rissen mir diese zänkischen Weiber das Ruder aus der Hand und zerschmetterten mir damit den Schädel.

»Niklas, das war nur ein Vorgeschmack auf das, was dir droht, wenn du meinst, uns den Urlaub versauen zu müssen. Wir wissen nicht, was du mit unseren Männern im Schilde führst, aber sei dir sicher, dass wir dich im Auge behalten werden.«

Für den Rest des Fluges formulierte ich in Gedanken mein Testament, verwarf es wieder und hoffte schließlich auf ein Wunder, gutes Essen oder Ausverkauf in den einschlägigen Designerboutiquen.

***

Jimmy würde mir jede Sekunde dieses furchtbaren Fluges in Gold aufwiegen müssen. Um Geld zu sparen, hatte der Geizkragen, der sich unser Manager schimpfte, mich und meine sieben Bandmitglieder getrennt voneinander mit ganz unterschiedlichen Airlines fliegen lassen.

Ich erinnerte mich noch gut, wie stolz uns der kleine untersetzte Raffzahn verkündet hatte, dass er dank seines ausgeklügelten Systems außer Bonusmeilen nichts weiter hatte investieren müssen, um uns in Frankreich anschaff… ich meine natürlich arbeiten zu schicken.

Als ich in dieser kleinen, altersschwachen russischen Maschine zwischen zwei bulligen nach Wodka und Schweiß stinkenden Männern eingepfercht Platz nahm, war mir schon klar, dass das nicht unbedingt die schönsten zwanzig Stunden meines Lebens werden würden.

»Wolle Sie Wodka?«, hatte mich einer der Männer – ich taufte ihn in Gedanken Vitali – ohne Umschweife gefragt, kaum dass ich mich hingesetzt hatte.

Sein großzügiges Angebot schlug ich nicht nur aus, da es noch am frühen Morgen war, nein, irgendwie war mir heute nicht nach meinem Rockstarleben und dem, was man dank der Medien damit verband, zumute.

Für die Reise nach Europa hatte ich mir ein paar literarische Schmankerl auf meinen E-Reader geladen, um mal abzuschalten und in anderer Menschen Leben abzutauchen.

Ob mir das bei diesen räumlichen Gegebenheiten gelingen würde, blieb nun allerdings fraglich. So eng an die beiden Männer geschmiegt, bezweifelte ich, dass ich überhaupt in der Lage sein würde, an meine Tasche heranzukommen, die ich unter dem Sitz meines Vordermanns verstaut hatte.

Ich blickte mich in der Maschine um. Eines konnte ich bereits auf Anhieb erkennen: Die besten Jahre lagen weit hinter ihr. Blieb nur zu hoffen, dass wir den Flug heil überstanden. Die beschädigte Innenverkleidung der Wände, die zersplitterten Griffe an den Verdunklungsschiebern für die Fenster und auch der von Flecken übersäte Teppich zwischen den beiden Sitzreihen verhießen nichts Gutes.

Nicht, dass ich an Flugangst litt. Nein, das sicher nicht. Das Fliegen gehörte mittlerweile zu meinem Alltag wie für andere Menschen die Fahrt mit der U-Bahn zur Arbeit. Aber wenn ich mir Vladimir und Vitali so ansah – rote Schnapsnasen und aufgeplatzte Äderchen im Gesicht – gepaart mit dem maroden Zustand des Fliegers überkam mich, die sonst so toughe Leadsängerin einer Band, Panik.

Als wir uns der Startbahn näherten, während das Ächzen der Maschine jegliches Motorengeräusch übertönte, floss mir der Angstschweiß sintflutartig über die Schläfen ins Gesicht.

Vladimirs sicher lieb gemeinte Frage: »Wolle jetzt Wodka, kurz vor Ende?«, stimmte mich keinesfalls zuversichtlicher.

Eher das Gegenteil war der Fall.

Himmel, in diesem Moment verfluchte ich Jimmy und wünschte ihm nicht nur einmal die Pest, zusammen mit der Cholera und der Ruhr, an den Hals.

Wie ich es hasste, von ihm abhängig zu sein. Aber leider war das Showbiz in vielerlei Hinsicht ein Metier, in dem man ohne einen Kerl wie Jimmy, der sich mit der Materie auskannte, nicht weit kam. Das hatten meine Bandkollegen und ich bereits schmerzvoll am eigenen Leib erfahren müssen.

Als mein zwei Jahre älterer Nachbar Christopher und ich mit ein paar Jungs aus seiner Jahrgangsstufe in der Highschool beschlossen, eine Band zu gründen, waren wir euphorisch gewesen, hungrig nach jedem Gig und hatten jedes Mal voller Elan und unbändiger Vorfreude die Bühne gestürmt, die nur Außenstehende auszeichnet.

Der Glaube und die Hoffnung manifestierten sich immer wieder in den Gedanken: Das ist es! Das ist der Durchbruch! Tja, nur wenig später schlugen wir acht immer wieder mit dem Kopf voraus auf dem harten Boden der Realität auf. Doch wir rappelten uns immer wieder auf, bis auch wir irgendwann erkennen mussten, dass wir Hilfe von außen dringend nötig hatten.

Wir brauchten einen raffgierigen Pseudocowboy aus Iowa, um schließlich und endlich von unserem Traum, Musik zu machen, leben zu können.

Es gab viel zu viele Musiker. Richtig gute oder ziemlich beschissene. Ob eine Band letztendlich gebucht wurde und Karriere machte, hing dabei nicht nur vom Talent ab. Nein, ganz im Gegenteil. Da gab es unzählige Faktoren, die eine Rolle spielten.

Besonders das Management war entscheidend. Zähneknirschend hatten wir also in den windigen Knebelvertrag mit dem Halsabschneider eingewilligt, der sich mittlerweile eine goldene Nase an uns verdient hatte, während wir in der Holzklasse durch die Welt reisten und auf von Bettwanzen zerfressenen Matratzen schliefen.

Ja, so sah es aus: Ich war eine sicher durchaus talentierte Sängerin, die mit ihren Ende zwanzig noch immer von dem ganz großen Erfolg träumte, während jede Faser meines Körpers es besser wusste.

Aber für mich war das alles, wofür es sich zu leben lohnte. Wider besseren Wissens musste ich hinaus in die Welt ziehen und wenigstens versuchen, mit dem, was mich seit Kindesbeinen an glücklich machte, meinen Unterhalt zu finanzieren. Schließlich lebte man doch nur einmal. Die Chance, wenn es sie denn wirklich gab, konnte ich also nicht so einfach ungenutzt verstreichen lassen.

Außerdem hielt mich nichts und niemand in den Vorstadtgärten von Chicago. Ich hatte bei meinem zehnstündigen Aufenthalt am Flughafen von Chicago nicht mal in Erwägung gezogen, mich bei meinen Eltern zu melden, geschweige denn, mein Elternhaus aufzusuchen.

Nein, diese Zeit und die damit verbundenen Qualen lagen weit hinter mir. Warum also die vernarbten Wunden wieder aufreißen und noch einmal alles durchleben, was ich so sorgsam in einer Kiste in den entlegensten Winkel meines Gedächtnisses verbannt hatte?

Um Dad tat es mir dabei aufrichtig leid. Ihn hätte ich sehr gerne mal wiedergesehen, aber das schloss leider auch ein Treffen mit meiner Stiefmutter ein, der ich in diesem Leben nicht mehr freiwillig gegenüberstehen wollte.

Natürlich hätte ich mich auch mit Dad in einem Café in Downtown Chicago treffen können. Allerdings lagen mittlerweile so viele Gräben zwischen uns, dass es mir kaum mehr möglich war, über diese hinwegzusehen.

Die Brücken hatten wir beide nach und nach im immerwährenden Wechsel, ohne über die Konsequenzen nachzudenken, eingerissen. Ich konnte ihm nicht verzeihen, dass er all die Jahre nie zu mir gestanden hatte und sich immer auf die Seite seiner zweiten Ehefrau schlug.

Nie hatte er sich angehört, was mir auf der Seele brannte, nie hatte er mir das offene Ohr geschenkt, dessen ich gerade als Teenager so sehr bedurft hätte. Doch Daddy war kein schlechter Mensch. Nein, er war nur stets darum bemüht, allem Ärger aus dem Weg zu gehen; Streit konnte er nicht leiden. Viel zu anstrengend. So war er nun mal.

Regelrecht flehend hatte er ein ums andere Mal um mein Verständnis gebeten, während ich mich immer unverstandener und in meinem eigenen Elternhaus nur noch geduldet fühlte.

Diese bitteren Jahre nach Moms Tod würde ich so schnell nicht mehr aufleben lassen wollen. Da, wo die Erinnerung ruhte, war sie gut aufgehoben.

Ich schüttelte leicht mit dem Kopf, als könnte ich mich damit der unangenehmen Gedanken entledigen. Als die Maschine sich schwerfällig in die Lüfte begab, hielt ich für einen Augenblick den Atem an.

Ein besonders gläubiger Mensch war ich nicht, dennoch setzte ich impulsiv zu einem *Vater unser* an und versprach in Gedanken, bald mal wieder in eine Kirche zu gehen, wenn ich diesen Flug nur überleben würde.

Wobei mich Vitali und Vladimir so zwischen sich eingekeilt hatten, dass ich im Falle eines Absturzes zumindest nicht durch die Kabine sausen würde. Der Gurt, den ich umgelegt hatte, sah nicht besonders vertrauenswürdig aus. Die wenigen Fäden, die ihn noch zusammenhielten, konnten im Ernstfall sicher nicht dafür sorgen, dass ich in den Sitz gepresst wurde.

Nein, nein, da waren die beiden schnarchenden Russen zu meiner Linken und Rechten sicher eine viel bessere Lebensversicherung. Dabei sah ich sogar äußerst großzügig über die weiteren Ausdünstungen hinweg, die sich mit dem Alkoholgeruch und dem Schweiß gepaart hatten.

Wie war ich noch mal in diese Situation gekommen? Ach ja: Jimmy! Der hatte mich als zimperliche Pussy abgestempelt, als ich zu bedenken gegeben hatte, dass es vielleicht nicht unbedingt schlau ist, wenn alle Bandmitglieder, auf unterschiedliche Airlines verteilt, nach Europa reisten. Schließlich hätte eine dieser Billigairlines zwischenzeitlich Konkurs anmelden können oder Flüge hätten aus weit weniger triftigen Gründen gestrichen werden können und wir säßen dann ohne Bassisten oder Schlagzeuger da.

Lachend und pöbelnd hatte er sich einen Spaß daraus gemacht, meine vermeintliche Angst ins Lächerliche zu ziehen. Christopher war wie immer für mich in die Bresche gesprungen, hatte versucht, Jimmy in seine Schranken zu weisen, doch dieser wusste ganz genau, was er sich alles erlauben konnte.

Gott, wie ich ihn hasste.

Ein Luftloch über den Wolken ließ die Maschine einem Freefalltower gleich für einen Moment in die Tiefe stürzen. Für mich war klar, dass jetzt mein letztes Stündchen geschlagen hatte.

Mit dank Vitali und Vladimir fest an den Körper gepressten Oberarmen versuchte ich unbeholfen, mich mit den Händen in der Lehne festzukrallen. Abermals rief ich den Schöpfer an und bot ihm für mein kümmerliches Leben an, sogar eine Kerze in besagter Kirche, die ich aufsuchen wollte, wenn ich diesen Flug überleben sollte, anzuzünden.

Wie auf Kommando stabilisierte sich der Flieger wieder und ich atmete erleichtert aus. Keine gute Idee. Denn das anschließende tiefe Atemholen katapultierte die übel riechenden Düfte meiner näheren Umgebung direkt in meine Nase und damit in meine Atemwege.

»Möchten Sie einen Drink?«, fragte mich plötzlich wie aus dem Nichts kommend eine Stewardess, bewaffnet mit ihrem obligatorischen Servicewagen.

Ich hatte eben noch meine Augen für einen Moment geschlossen, da mich ein plötzlicher Hustenanfall ob der üblen Gerüche erfasst hatte.

Dankend nahm ich ihr Angebot an und japste mit rauer Stimme: »Ja, Wasser, bitte.«

»Ein Wässerchen?«, fragte diese mit dem typisch

russischen Akzent.

Wenn sie so wollte, dann eben ein kleines Wasser. Auch wenn ich es ganz schön knauserig von der Fluggesellschaft fand. Sicher wieder eine dieser Sparmaßnahmen, die den Rubel der Airline rollen lassen sollte, während die Fluggäste zu sehen hatten, wo sie blieben.

Aber gut. Sollte mir recht sein. Hauptsache, das unangenehme Kratzen in meiner Kehle ließ endlich nach. Dafür würde das besagte Wässerchen dann hoffentlich ausreichen.

Vitali und Vladimir ließen sich durch meinen Kampf ums Überleben nicht aus der Fassung bringen. Die beiden fällten unermüdlich im Gleichklang ganze Laubwälder ab. Aber zumindest ein Gutes hatte es: Das Scheppern und Klappern der altersschwachen Maschine war nicht mehr ganz so markant.

Vielleicht hätte mir der Umstand komisch vorkommen müssen, dass die nett dreinblickende Stewardess mir ein Schnapsglas reichte. Doch die Tatsache, dass das Kratzen in meinem Hals mich beinahe um den Verstand brachte, ließ mich nicht weiter darüber nachdenken.

Als ich schließlich den Inhalt in einem Zuge hinunterkippte, brannte mein ganzer Hals lichterloh. Entsetzt starrte ich die Frau vor mir an, die mir plötzlich wie eine Gesandte des Teufels vorkam.

»Gutes Wässerchen aus Russland. Nicht? Wässerchen in Russland heißt Wodka.«

»Niet«, erwiderte ich mit letzter Kraft, während ich spürte, wie ich kaum noch Luft bekam.

Die Stewardess verzog säuerlich die Miene und eilte weiter, während ich mich noch immer über ihre aufgedrängte landeskundliche Lerneinheit ärgerte. Ts.

Und Vitali und Vladimir? Genau, die schliefen noch immer den Schlaf der Gerechten, während sie mittlerweile einem ganzen Sägewerk ernsthaft Konkurrenz machten.

Als wir Stunden später schließlich in Cannes landeten, hatte ich mit wahnsinnigen Kopfschmerzen zu kämpfen und meine Kehle fühlte sich staubtrocken an. Das genüssliche Gähnen der beiden Männer und die damit abermals aufgewirbelten Gerüche um mich herum erhellten meine Laune kein bisschen. Ganz im Gegenteil.

Kapitel 8

»Können Sie denn nicht aufpassen?« Noch so ein mürrisches Weibsbild, das es auf mich abgesehen hatte. Hatte ich denn nicht schon genug gelitten?

Nach fünfzehn Stunden Flug war ich durchaus mürbe. Ich wollte nichts weiter als meine Ruhe, und zwar reichlich viel davon. Längere Zeit auf engstem Raum mit Stacy, Emily, Miranda und Drew verstieß nach meiner Auffassung gegen die Genfer Konventionen.

Nun hatte ich mir mühevoll eine kurze Verschnaufpause am Kofferband verschafft, kramte eben aus der Seitentasche meines Rucksackes meinen Pass für die Einreise, als die Stimme über mir, die ich mit Nichtbeachtung strafte, erneut ansetzte.

»Hey, hören Sie mir überhaupt zu?« Ich heftete meinen Blick nach wie vor auf mein Gepäckstück, gab weiterhin vor, dort etwas zu suchen.

Ich wollte ins Hotel, eine Dusche und eine Mütze voll Schlaf. Nein, ich war keine Pussy, aber auch kein verdammter Märtyrer. Stacy und Drew hatten neben mir gesessen und dermaßen laut geschnarcht, dass an Schlaf nicht zu denken gewesen war.

Miranda hatte mich währenddessen über jedes noch so beschissene Detail ihrer Entbindung in Kenntnis gesetzt. Dinge, von denen ein Mann in seinem ganzen Leben nie etwas erfahren sollte, hatte ich heute Nacht haarklein aufgedröselt als kleinen Mitternachtssnack serviert bekommen.

Seither überlegte ich fieberhaft, ob ich den Hunderterpack Kondome auch wirklich mitgenommen hatte, und kramte nun noch eine Spur intensiver auf der Suche nach meiner Lebensversicherung.

»Nein, ich höre Ihnen nicht zu, da ich es vorziehe, mich die nächsten hundertachtundsechzig Stunden mit keinem weiblichen Wesen mehr zu unterhalten«, gab ich schließlich doch von mir, um mir endlich die Ruhe und den Frieden zu verschaffen, der mir nach diesem Horrorflug verdammt noch mal zustand.

»Jetzt passen Sie mal auf! Ich habe gerade eine Tournee quer durch die Vereinigten Staaten hinter mir, habe seit fünfundzwanzig Wochen nicht mehr in meinem eigenen Bett geschlafen und werde jetzt von meinem Manager dazu verdonnert, in einem Luxushotel abgewrackte Senioren zu bespaßen, weil dieser Penner den Hals einfach nicht vollkriegt. Also, wenn hier einer von uns beiden das Recht hat, sich zu beklagen, dann ja wohl ich. Oder sehen Sie das anders?«

Ich hob meinen Blick bei diesen Worten und sah der Gestalt über mir direkt in die tiefschwarzen Augen. Das schwarze Haar im Kontrast zu dem blassen Gesicht und den schimmernd roten Lippen erregte meine Aufmerksamkeit und kam mir irgendwie bekannt vor. War das nicht die Frau, die ich kurz vor meinem Abflug nach Europa am Flughafen gesehen hatte? Wobei ich nicht sagen würde, dass sie mir gefiel. Sie sah nett aus. Weiter nichts.

Dennoch konnte ich mir ein Grinsen nicht verkneifen, als ich feststellen musste, dass es jemanden gab, dem es noch beschissener ging als mir. Schlimmer ging immer. An diesem Spruch war wirklich etwas Wahres dran.

»Hallo. Mein Name ist Niklas. Ich reise mit einer Gruppe bestehend aus vier Frauen, die mich lieber heute als morgen tot sehen würden und mit diesem Wunsch nicht unbedingt hinterm Berg halten.« Dabei erhob ich mich vom Boden und streckte ihr meine Hand entgegen.

»Oh«, war die Reaktion von Snow White, wie ich sie in Gedanken bereits getauft hatte, auf mein ehrliches Statement. »Sehr angenehm. Mein Name ist Phoebe.« Dabei legte sie die Hand in meine. Das Kribbeln in meinen Fingern versuchte ich zu ignorieren. Sicher nur eine dieser lästigen Nachwirkungen, wenn man zu lange gesessen hatte. Da konnte es schon mal vorkommen, dass einem die Gliedmaßen einschliefen und sich Stunden danach noch taub anfühlten.

»Es ist schön, zu sehen, dass es dir dreckiger geht als mir. Danke für deine aufmunternden Worte. Die Saison in Frankreich wird damit ein Klacks für mich.« Übermütig zwinkerte sie mir zu, während sie mir einen Klaps auf den Oberarm gab. »Zumindest die ersten Nächte werde ich immer an dich und deinen mörderischen Harem denken.« Das belustigte Grinsen auf ihren Lippen ärgerte mich nicht, vielmehr betörte es mich.

»Das ist nicht mein …«, versuchte ich die Situation richtigzustellen.

»Spar es dir. Das Bild, das ich mir von dir zurechtgelegt habe, bedarf keiner Nachbesserung. Ich mag es, und das ist alles, was zählt.«

So, wie sie gekommen war, war sie auch wieder verschwunden. Ihr kleiner blauer Baskenhut war noch einige Meter in der Masse der ankommenden Fluggäste, die sich zu den Gepäckbändern vorkämpften, zu sehen. Dann waren Hut und Trägerin verschwunden.

»Mensch, Niklas, wo bleibst du denn?« Während ich meinen Gedanken nachhing, riss Miranda wie wild an meinem Arm und zerrte an mir herum. »Wir warten schon eine ganze Weile auf dich.«

»Ich komme ja schon. Mein Koffer ist leider noch nicht aufgetaucht.« Ertappt blickte ich mich zu Miranda um.

»Na, das ist ja auch schwerlich möglich. Du Idiot stehst am falschen Band. Hier ist das Gepäck der Fluggäste drauf, die mit einer russischen Maschine geflogen sind. Das sieht man doch ganz deutlich auf den Monitoren, die hier überall herumhängen.« Ihr verächtliches Schnauben war trotz des regen Trubels um uns herum überdeutlich zu hören. »Ts, und Tante Heather meinte, du könntest uns eine Hilfe sein. Dass ich nicht lache!«

»Was soll das denn nun wieder heißen?« Ich war es so leid, immer gute Miene zum bösen Spiel zu machen. Nach rund fünfundzwanzig Stunden auf den Beinen konnte ich einfach nicht länger dabeistehen und zusehen, wie mir diese Bestien Stück für Stück die Würde nahmen.

»Na, wenn du nicht mal in der Lage bist, die Anzeigentafeln richtig zu lesen, dann wage ich sehr zu bezweifeln, dass du für uns sorgen kannst.«

Damit traf sie unbewusst einen wunden Punkt, und wie auf Knopfdruck flackerten in meinem Kopf die Szenen auf, die mich seit einer Ewigkeit begleiteten, mittlerweile ein Teil von mir geworden waren.

Ich unterdrückte den Impuls, wegzurennen. »Lass gut sein, Miranda! Wo sind die anderen?«, fragte ich schließlich, um vom Thema abzulenken.

»Und dein Gepäck?« Spöttisch blickte sie mich an, genoss den Moment ihres Triumphs über mich in vollen Zügen. Das Gefühl von Überlegenheit schien ihr zu Kopf gestiegen zu sein.

Gott, wie wenig diese Menschen von dem wirklichen Elend wussten, das da draußen auf jeden lauern konnte. Um die Urlaubsstimmung nicht noch weiter zu trüben, schluckte ich meinen Kommentar hinunter und sah zu dem Monitor über mir, auf dem die Nummern der Kofferbänder für die jeweiligen Flüge zu sehen waren.

Als ich nun endlich meinen Koffer gefunden und wir uns dem Rest unserer Gruppe wieder angeschlossen hatten, kramte ich abermals in meinem Rucksack auf der Suche nach meinem Reisepass.

Je näher wir dem Polizisten kamen, der unsere Dokumente für die Einreise in die Europäische Union in Augenschein nehmen würde, desto hektischer wurde ich, denn ich konnte das verflixte Teil einfach nicht finden.

»Schau dir den Typ da in seiner Uniform mal an. Ist der nicht heiß?«, hörte ich Drew niemanden Bestimmtes fragen, während die anderen drei albern zu kichern begannen.

»Der ist echt nicht schlecht. Vor allem, da ich ein Faible für Männer in Uniformen habe«, erwiderte Miranda.

»Ach, deshalb musste es wohl Noah sein. Der sieht aber auch unverschämt gut aus in seinem Feuerwehrdress«, hörte ich Emily sagen und das Kichern verstummte.

»Wie darf ich das denn jetzt verstehen?«, schnaubte Miranda, während ich mich auf den Boden gekniet hatte und reihum alle Gegenstände aus meiner Tasche rauslegte. Irgendwo musste dieser doofe Wisch doch stecken. Das konnte wirklich nicht wahr sein.

»Na, so wie ich es gesagt habe: Männer in Uniformen haben was«, gab sich Emily betont gelassen.

»Nein, nein. Komm mir jetzt nicht so! Du hast von meinem Mann und nicht von einem x-beliebigen Feuerwehrmann gesprochen. Dazwischen liegen Welten«, keifte Miranda.

»Jetzt mach aber mal 'nen Punkt. Keiner hat vor, dir deinen Mann auszuspannen. Ich bin mit meinem mehr als ausgelastet und würde nicht mal im Traum daran denken, deinen Mann auch nur mit der Kneifzange anzufassen.« Emily stieß verächtlich die Luft aus und sah regelrecht angewidert auf Miranda nieder.

Weiber. Jetzt begannen sie auch schon, sich untereinander zu zerfleischen. Wo sollte das nur hinführen?

»Das rate ich dir auch, denn …«

»Na, auch hier? Was hast du nur immer mit deinem Rucksack? Entweder du schleuderst ihn anderen nichtsahnenden Fluggästen in die Seite oder du kauerst darüber und suchst etwas.«

»Hey«, erwiderte ich kurz angebunden. »Ich bin gerade nicht zum Plaudern aufgelegt.« Dabei wühlte ich weiter in dem Unrat, der sich Inhalt meines Rucksacks schimpfte. Wer nahm bitte ungewaschene Socken, einen gebrauchten Coffee-to-go-Becher und einen indianischen Traumfänger in den Urlaub mit?

»Oh, welche Laus ist dir denn über die Leber gelaufen?«, fragte sie nun amüsiert. Anscheinend weidete sie sich gerne an meinem Kummer. Äußerst merkwürdige Schneewittchen-Adaption, wie mir schien.

»Die Laus, die mich gleich wieder in den nächsten Flieger nach Hause setzen wird, weil ich meinen verdammten Pass nicht finden kann«, fluchte ich nun laut. Für einen Moment tat es mir leid, dass ich meinen Ärger ausgerechnet an Snow White ausließ.

»Na, dann wünsche ich eine angenehme Heimreise.« Bei diesen Worten verpuffte meine Sorge, ihr Unrecht getan zu haben, wieder.

»Ja, danke auch«, blaffte ich sie an, während Xanthippe und ihre Höllenschwestern noch immer lautstark darüber debattierten, wie sexy man den Ehemann der jeweils anderen finden durfte, ohne als Schlampe zu gelten.

Der Hunderterpack Kondome entglitt mir dabei und sauste vor Snows Füße. Doch ich achtete nicht darauf und wühlte weiter in dem Chaos, das sich in meiner Tasche mittlerweile gebildet hatte. Hätte ich mich an Stacys Liste gehalten, dann wäre mein Rucksack sicher akkurat gepackt gewesen.

So herrschte allerdings ein heilloses Durcheinander, dem

ich einfach nicht Herr wurde.

»Ihr fünf habt wohl einiges vor im Urlaub.« Ich hob meinen Blick, da ich nicht gleich verstand, worauf sie anspielte. Als ich bemerkte, was sie in Händen hielt, dämmerte es mir. »Wobei es bestimmt unglaublich anstrengend ist, gleich vier Frauen glücklich zu machen. Wie macht ihr das überhaupt? Eine nach der anderen oder alle zusammen? Nur so aus purer Neugier.« Ihr süffisantes Lächeln blieb auf mir hängen, das Funkeln in ihren Augen zeugte von dem Feuer, das in ihr loderte.

Diese Frau nahm sicher nie ein Blatt vor den Mund. Sie sprach alles ohne Wenn und Aber an und scherte sich einen Dreck darum, was die Leute von ihr hielten. Das gefiel mir. Sehr sogar.

Die schwarze Lederjacke und das dunkle Shirt darunter betonten noch eine Spur mehr ihren bleichen Teint und die knallroten, geschwungenen Lippen. Mein Blick glitt an ihr hinab, blieb an ihrem vollen Busen und der engen Röhrenjeans hängen, die ihren Hintern ins rechte Licht rückte.

Meine Hose wurde an einer ganz bestimmten Stelle immer enger und dennoch versuchte ich es mir nicht anmerken zu lassen.

»Gib schon her! Ich bin mit meiner Cousine, meiner Schwiegercousine – gibt es das überhaupt? – und deren Freundinnen im Urlaub«, verteidigte ich mich wenig überzeugend. »Was meine sexuellen Erfahrungen anbelangt, glaube ich kaum, dass das hier der richtige Ort ist, um derlei pikante Geschichten zu erörtern.«

»Och, ich hätte Zeit und Lust auf die Story. Du kannst ja weiterhin in deinem Rucksack nach den Papieren suchen. Das stört mich nicht die Bohne.« Ein schelmisches Lächeln umspielte ihre Lippen, als sie mir die Packung Kondome in die Hand drückte. Ihre Haltung verriet, dass sie nur darauf wartete, dass ich mit dem Erzählen begann.

»Niklas, wo bleibst du denn? Wir sind gleich dran. Du hältst ja die ganze Schlange auf.« Stacys gewohnt übellaunige Kratzbürstenstimme zerstörte im Nullkommanichts, was auch immer sich da gerade zwischen Snow White und mir anzubahnen gedachte.

»Ich komme schon«, erwiderte ich halbherzig, während ich meinen Blick von diesen roten Lippen nicht abwenden konnte. Wie gesagt: Eigentlich war sie nicht der Typ Frau, der mich ansprach. Eigentlich.

Doch irgendetwas an ihr faszinierte mich. War es ihre Art, ihr besonderer Look? Leider blieb mir nicht die Zeit, mich ausgiebig mit der Thematik zu beschäftigen.

Miranda stand bereits bei dem grimmig dreinsehenden Beamten und zeigte ihren Reisepass vor. Dieser musterte sie von oben bis unten und verglich ausgiebig ihr Gesicht mit dem auf dem Foto in dem Dokument.

Was sollte ich denn jetzt nur machen? Ohne Reisepass würde ich wohl kaum in Frankreich einreisen können. Wo konnte er nur hingekommen sein? Als ich vorhin mit Snow White zusammengestoßen war, hatte ich ihn doch noch in der Hand?

Mir schwante Böses. Wahrscheinlich war er mir bei dieser Gelegenheit hinuntergefallen, und ich hatte es, nachdem mich Miranda überfallen und schnellstmöglich zu der Herde zurückgetrieben hatte, gar nicht mitbekommen.

Nun war guter Rat echt teuer. Noch mal zurückgehen und den Unmut meiner Reisegruppe auf mich ziehen? Wie es aussah, blieb mir leider keine Alternative. Ob ich ihn in der Masse der Reisenden, die ihn sicher schon achtlos als Fußball missbraucht und über den ganzen Hallenboden gejagt hatten, finden würde, blieb allerdings mehr als fraglich.

Ich schickte mich also an, meine Sachen, die ich um mich herum auf dem Boden auf der Suche nach dem Dokument wahllos verstreut hatte, wieder einzusammeln. Hektisch schloss ich schließlich den Reißverschluss und wappnete mich innerlich für das Donnerwetter, das mir von Xanthippe gleich blühen würde.

»Hey, übrigens …« Snow tippte mir von hinten auf die Schulter.

»Jetzt pass mal auf: Seit meiner spirituellen Reise durch Indien weiß ich mehr über die verschiedenen Stellungen des Kamasutras als sonst irgendjemand. Bei mir kommt jede – wirklich jede – Frau zum Höhepunkt und unter einer Stunde geht bei mir gar nichts.« Die weit aufgerissenen Augen und der leicht geöffnete Mund machten Snow für mich noch eine Spur attraktiver. Ihre Lippen forderten mich förmlich dazu auf, sie zu küssen, sie in Besitz zu nehmen.

»Sonst noch Fragen? Nein? Gut, dann werde ich mich jetzt mal auf die Suche nach diesem beschissenen Pass machen«, pflaumte ich sie ungehalten an. Ich war so wütend und erregt, dass ich schleunigst von hier verschwinden musste.

»Meinst du den hier?«

Snow wedelte mit einem handgroßen, rechteckigen blauen Gegenstand in ihrer Hand vor meiner Nase und zog damit all meine Aufmerksamkeit auf sich.

»Was zum Henker …?« Ohne Vorwarnung griff ich nach dem Reisepass in ihrer Hand, doch Snow war schneller.

»So leicht mache ich es dir nicht. Tut mir leid. Das wäre zu einfach.« Abermals umspielte dieses schelmische Lachen ihre Lippen. Das Funkeln in ihren Augen erhellte ihr ganzes Gesicht. Sie genoss es regelrecht, wie ich mich wand, um an das Dokument zu gelangen.

»Gib schon her!« Ich versuchte erneut Snows Hand zu fassen zu bekommen. Doch sie war wieder schneller. Flink wie ein Wiesel hatte sie sich um die eigene Achse gedreht und mich damit abgeschüttelt.

»Niklas, was machst du denn da für Spielchen? Wir sind gleich dran«, ermahnte mich Emily von vorne, während die Reisenden hinter uns in der Schlange über Snows freudiges Quieken, als ich sie endlich zu fassen bekam, und meine wild ausgestoßenen Verwünschungen gelinde gesagt *not amused* waren.

»Phoebe, ich warne dich«, presste ich zwischen zusammengekniffenen Lippen hervor. Snow hielt den Reisepass mit beiden Händen hinter ihrem Rücken fest. Unsere Gesichter waren sich so nahe, dass ich ihren Atem auf meiner Haut spüren konnte. Ihr wild schlagendes Herz und der sich schnell hebende und senkende Brustkorb zeugten von der wilden Kabbelei, die wir uns hier lieferten.

Ein frischer Blumenduft – Flieder – wehte mir entgegen und ich sog ihn tief ein. Für einen Moment war ich sogar versucht, meine Augen zu schließen, doch dann besann ich mich eines Besseren.

Snow sah mich erschrocken an, als ich ihre Oberarme fest mit meinen Händen umschloss und sie leicht zu schütteln begann.

»Was gibst du mir dafür?« Dieses Weibsbild verlor mehr und mehr die Oberhand und gab sich dennoch nicht geschlagen. Das imponierte mir.

»Was möchtest du denn von mir haben?«, fragte ich mit noch immer ernster Miene.

»Ich hätte nichts gegen ein paar Übungsstunden im Kamasutra einzuwenden. Meine letzte Beziehung ist schon einige Zeit her und … Auf der Tour war ich jede Nacht in einer anderen Stadt … Wie lange bleibst du hier?«, fragte sie nun konkret, während es mir sprichwörtlich den Atem verschlug.

»Sieben Tage«, antwortete ich wie aus der Pistole geschossen. Mein Gehirn drohte seine Zentrale in den Süden auszulagern. Wenn man so wollte in *tropischere Gefilde*, in denen das Klima doch viel freundlicher war.

»Nun, im Maßstab meines unsteten Lebenswandels ist eine Woche an der Côte d'Azur ja eine halbe Ewigkeit, um sich in vielerlei Hinsicht besser kennenzulernen. Findest du nicht auch?« Lasziv strich sie sich dabei mit der Zunge über die Lippen. Sie wusste ganz genau, welche Register sie ziehen musste, um einen Mann zu betören, ihn für sich zu gewinnen.

Ich hielt den Atem einen Augenblick an, während Snow mir dieses Angebot unterbreitete. Emily und die Mädels scharrten mit den Hufen, doch das juckte mich im Moment kein bisschen.

Mit wild schlagendem Herzen sog ich die Luft anschließend zwischen meinen fest zusammengepressten Lippen hindurch, während in meinem Körper bereits die Alarmglocken – vor Freude wohlgemerkt – laut aufschrillten.

»Also wenn es dein sehnlichster Wunsch ist, will ich mal nicht so sein.« In Gedanken malte ich mir bereits die Stellungen aus, die ich Snow – großzügig, wie ich war – beibringen wollte.

Allein der Gedanke, ihre samtige Haut unter meinen Fingerkuppen zu spüren, erregte mich mehr als die Vorstellung, über den Wolken Sex zu haben. Verrückt, wie sich die Prioritäten doch so unerwartet verändern konnten.

»Niklas, wir warten!« Das Grollen in meinem Rücken wurde immer intensiver. Ich wagte nicht, mich zu Stacy und der drohenden Lawine umzudrehen, die sicher bald auf mich herabsausen und mich unter sich begraben würde, wenn ich mich nicht schleunigst rührte.

»Reingefallen!« Amüsiert blickte mir Snow tief in die Augen, während sie sich aus meiner Umklammerung löste. Dabei streifte sie mit ihrem Unterleib meine empfindlichste Stelle und sah mich daraufhin verheißungsvoll an.

Ihr lag etwas auf den Lippen. Das konnte ich ihr deutlich ansehen, doch sie schluckte ihren Kommentar hinunter und streckte mir schließlich mit diesem leidenschaftlichen Augenaufschlag, der jede Polkappe zum Schmelzen gebracht hätte, meinen Fahrschein für die Einreise in Frankreich entgegen.

»Ich bin vielleicht die Sängerin einer Band und ich bin mit Sicherheit alles andere als ein Paradebeispiel, was Züchtigkeit und Anstand anbelangt. Aber mit einem x-beliebigen Kerl, den ich seit nicht einmal zwanzig Minuten kenne, würde nicht mal ich in die Kiste hüpfen. Sorry! Ich hab da meine Prinzipien und denen bleibe ich treu.«

Noch ehe sie auf dem Absatz kehrtmachen konnte, packte ich sie am Handgelenk, zog sie an mich und presste meine Lippen mit dem Mut der Verzweiflung auf die ihren. Anfänglich weigerte sie sich, biss mir sogar auf die Unterlippe.

Doch dann ließ sie sich fallen, erwiderte meinen Kuss, und als ich mich schließlich von ihr löste, sah sie mich an wie ein bekifftes Honigkuchenpferd.

»So ganz ohne einen Finderlohn kann ich dich dann doch nicht ziehen lassen. Entschuldige bitte, aber das verbietet mir schon allein meine gute Erziehung«, erwiderte ich, während ich mich bereits für die Ohrfeige wappnete.

Doch diese blieb unerwartet aus. Es gab nicht mehr viele Menschen, die mich noch überraschen konnten. Snow würde ich jetzt wohl dazuzählen müssen.

»Niklas, wenn du jetzt nicht sofort kommst, rufe ich Tante Heather an und erzähle ihr von der unschönen Szene damals in ihrer Küche«, keifte Stacy nun ungehalten in meinem Rücken.

Schweren Herzens löste ich mich von Snow, verabschiedete mich nur unzureichend von ihr und eilte an den Schalter.

»Einen angenehmen Aufenthalt wünsche ich Ihnen«,

säuselte der Polizist mit französischem Akzent über den Tresen hinweg, während er mir meinen Pass nach kurzer Prüfung entgegenstreckte. »Der Nächste bitte.«

Kapitel 9

Nach einem trockenen Martini in der Hotellobby, die mich mit all ihrem Prunk – den tief herabhängenden Kristallleuchtern und dem Steinway gleich neben der Drehtür – beinahe zu erschlagen drohte, ging ich auf mein Zimmer und legte mich trotz der frühen Tagesstunde schlafen.

Als ich meinen Kopf auf das sündhaft teuer anmutende Daunenkissen bettete, hätte ich also eigentlich wunderbar einschlafen müssen. Die Schwere, gespeist aus Alkohol und Jetlag, hätte mich in einen tiefen und langandauernden Schlaf befördern müssen. Hätte sie. Tat sie jedoch nicht.

Kaum schloss ich meine Lider, erschien dieses engelsgleiche Gesicht vor meinem geistigen Auge: *So weiß wie Schnee, so rot wie Blut und so schwarz wie Ebenholz*, und brachte mein Blut in Wallung, sodass an Schlaf nicht mehr zu denken war.

Genervt riss ich die Augen auf, starrte an die weiße Zimmerdecke und zermarterte mir das Hirn, warum es sich das Schicksal, das es doch in letzter Zeit eigentlich immer ganz gut mit mir gemeint hatte, plötzlich anders überlegt hatte.

Wie konnte es mich auf diese wunderschöne Frau treffen lassen, um sie mir dann im nächsten Moment wieder aus den Armen zu reißen? War das fair? Das machte doch überhaupt keinen Sinn.

Weitere fünfundzwanzig Minuten quälte ich mich mit dem Gedanken, womöglich die Frau fürs Leben getroffen und meine Chance, sie für mich zu gewinnen, nicht genutzt zu haben.

Ich drehte mich hin und her, während ich die wenigen Minuten, die wir zusammen verbracht hatten, Revue passieren ließ. Jedes ihrer Worte versuchte ich zu rekonstruieren und überlegte fieberhaft, ob sie mir erzählt hatte, in welchem Hotel sie auftreten würde. Nichts! Ich konnte mich an kein Detail erinnern, das mir verriet, wo sie sich aufhielt.

So überschaubar war die Côte d'Azur leider auch nicht, dass ich Hotel für Hotel abklappern konnte, um Snow White wiederzufinden. Mist, verdammter! Für gewöhnlich war ich nicht so schwer von Begriff.

Warum hatte ich sie nicht einfach nach ihrer Nummer gefragt? Oder zumindest nachgehakt, in welchem Hotel sie arbeiten würde? Nach dem Kuss hatte die Welt für einen Moment aufgehört, sich zu drehen. Ich hatte keinen klaren Gedanken mehr fassen, mich auf nichts konzentrieren können.

Wie in Trance war ich an dem Beamten vorbeigeschwebt. Als ich mich nach der Passkontrolle noch mal nach Snow umgesehen hatte, war sie einfach weg gewesen. Spurlos verschwunden.

Daraufhin hatte ich mich meinem Schicksal ergeben, hatte mich ins Taxi gesetzt und war kurze Zeit später mit den vier Frauen im Gepäck an unserem Ziel angelangt.

Ihre Ehemänner hatten sich wirklich nicht lumpen lassen. Unser Heim für die kommenden sieben Tage war kein geringeres als das Hotel Carlton unweit der berühmten Promenade La Croisette im Zentrum von Cannes. Beste Lage zu einem horrenden Preis.

Während der Filmfestspiele im Mai mieten sich hier die Stars und Sternchen aus Hollywood ein und Alfred Hitchcock hatte das Luxushotel an der Côte d'Azur 1954 in seinem Film *Über den Dächern von Nizza* mit Grace Kelly und Cary Grant verewigt. Ganz schön geschichtsträchtig dieses hundert Jahre alte Gebäude. Zumal sich dort auch Grace Kelly und ihr späterer Mann Prinz Rainier von Monaco kennengelernt hatten.

Mir konnte es ja egal sein. Schließlich würde ich für diesen Luxus keinen Cent ausgeben müssen. Dennoch wurmte es mich insgeheim, dass die Luschen, die in Chicago zurückgeblieben waren, sich solch ein Domizil, ohne mit der Wimper zu zucken, leisten konnten.

Doch so wie die Gedanken gekommen waren, wischte ich sie auch schon wieder beiseite. Ich liebte mein verkorkstes Leben ohne größere Verpflichtungen und die Schwere einer Verantwortung, die sich zentnerschwer auf die Schultern legte. Der Bürohengst stand mir nicht, Leute über den Tisch ziehen war nicht meine Art.

Außerdem: Waren Mitch, Noah, Brian und Liam wirklich zu beneiden? Sie hatten für den Urlaub blechen müssen und hatten nicht einmal was davon. Da ging es mir doch viel besser: eine Woche Côte d'Azur mit traumhaftem Meerblick, und das völlig umsonst. Jackpot, würde ich meinen. Die

Mädels waren ihrerseits ja auch alt genug, um auf sich selbst aufzupassen.

Außerdem war meine Art zu leben viel gewinnbringender für mein Karma als diese Hetze und das ewige Streben nach noch mehr Geld, Reichtümern, schicken Autos und all dem Zeugs, das eh nicht glücklich macht.

Meine Gedanken kreisten um den Sinn des Lebens und wollten mich einfach nicht schlafen lassen. Entnervt sprang ich schließlich aus dem Bett, schlurfte schweren Schrittes ins Badezimmer und schüttete mir eine Handvoll eiskalten Wassers ins Gesicht. Besser. Zumindest für den Moment.

Ich raufte mir die schläfenlangen Haare, während ich im Spiegel mein nasses Gesicht betrachtete. Der dunkle Schatten unter meinen blutunterlaufenen Augen war beachtlich. Dieser rührte sicherlich daher, dass ich bereits in der Nacht vor dem Abflug kaum Schlaf gefunden hatte.

Im Traum hatte Tante Heather mit ihren Cupcakes nach mir geworfen, während ich sie bekniete, das gute Frosting nicht auf diese Weise zu verschwenden. Stacy und Emily waren derweil dabei, die Haschkekse zu verzehren, die ich nun doch in Tante Heathers Küche gebacken hatte, während Mitch und Liam lachend danebenstanden und immer wieder sagten: »Irgendwann endest du so wie wir. Nicht mehr lange, dann gehörst du zu uns.«

Ihr kehliges Lachen hatte mich letztendlich jäh aus dem Schlaf gerissen und mich nicht wieder zur Ruhe finden lassen. In der Folge hatte ich mich im Bett hin und her gewälzt und mir die ersten Sonnenstrahlen des Tages herbeigesehnt, die meinem Martyrium endlich ein Ende machen sollten.

Mit beiden Händen klammerte ich mich am Waschbeckenrand fest. Die tiefe Furche auf meiner Stirn zeugte von den Gedanken, die dahinter wild miteinander konkurrierten. Einerseits beschäftigte mich die Tatsache, dass ich Tante Heather auf dieser Reise beweisen musste, dass ich auf die vier Frauen aufpassen konnte. Denn das war meine eigentliche Mission, darüber machte ich mir keine Illusionen.

Was Tante Heather vorschrieb, war ungeschriebenes Gesetz, dem man besser Folge leistete. Keiner in der Familie würde es wagen, sich ihrer Autorität zu widersetzen. Tante Heather war eisern und dennoch sanftmütig. Rigoros, was ihre Forderungen betraf, und offenherzig, wenn man ihrer Hilfe bedurfte.

Nein, mit dieser Frau wollte es sich niemand verscherzen. Sie genoss großes Ansehen weit über die Familienbande hinaus. Außerdem hatte sie mir Halt gegeben, als der Deich gebrochen war, und mein Leben drohte, den Fluten zum Opfer zu fallen.

Nie würde ich vergessen, wie sie Nacht für Nacht an meinem Bett gesessen, mir meine Wange gestreichelt und mich in den Schlaf gewiegt hatte, als ich immer wieder schweißgebadet aufgewacht war.

Auf der anderen Seite musste ich an die Wette mit meinen Kumpels denken und natürlich an Snow, die mich im Nullkommanichts aus der Bahn geworfen und hart gegen die Wand hatte fahren lassen.

Ich schloss für einen Moment meine Augen, strich

andächtig mit der Zunge über meine Lippen, während ich mich an den Kuss am Flughafen zu erinnern versuchte. Salzig schmeckten sie, ein Hauch von Flieder hing mir in der Nase, und ohne dass ich es wollte, projizierte ich erneut ihr Gesicht vor mein geistiges Auge.

Diese weichen Gesichtszüge, die schmale, gänzlich zerbrechlich anmutende Gestalt im Kontrast zu den feurigen Blitzen, die in ihren Augen ein loderndes Feuer entfachten: Diese Frau war purer Sex.

Auf eine berauschende Art und Weise weckte sie einerseits mit ihrem vorlauten Mundwerk die Leidenschaft in mir, während andererseits ihr selbstständiges Wesen mir imponierte.

Was gäbe ich nur dafür, wenn ich für einen kurzen Augenblick meine Nase in ihrem Haar vergraben könnte, meine Hände auf ihrem makellosen Körper platzieren dürfte? Mein ganzer Körper kribbelte und verspürte dieses Verlangen, das man empfand, wenn man eine Person sehr vermisste. Doch wie konnte man jemanden vermissen, den man eigentlich gar nicht kannte?

Entsetzt riss ich schließlich meine Lider auf und schüttelte wie wild mit dem Kopf. Dabei lösten sich einige der Wassertropfen aus meinem Haar und fielen auf den schwarzen Marmorboden unter mir.

Nein, nein, nein. Eine Frau an meiner Seite, so schön sich das auch anhören mochte, war absolut keine Option für mich. Darüber würde ich nie auch nur ansatzweise nachdenken.

Ich brauchte dieses lockere, unbeschwerte Dasein, um die

Vergangenheit, die noch immer wie eine Fußfessel an meinen Fersen hing, möglichst weit auf Distanz halten zu können. Gänzlich abstreifen würde ich sie wohl nie können.

***

»Was zum Teufel …« Das flaue Gefühl im Magen, das einsetzte, als ich diese Litanei aus verstaubten französischen Chansons und Disconummern aus den Siebzigerjahren erblickte, war das sogenannte i-Tüpfelchen, das diesem Tag noch als krönender Abschluss gefehlt hatte.

»Ah, wie ich sehe, widmen Sie sich schon der Auswahl der Lieder, die wir für den luxuriösen Charakter unseres Hotels für angebracht erachten.« Das faltige Gesicht des Mannes hinter dem Rezeptionstresen spannte sich an den Wangenknochen, als er sich in einem herablassenden Lächeln versuchte.

Es bestand kein Zweifel daran, dass ihm mein Äußeres missfiel. Wahrscheinlich war das noch zu beschönigend ausgedrückt. Angewidert hatte er mich von oben bis unten abgescannt, einen furchtbar langen Augenblick auf meinen schlammverkrusteten Stiefeln verweilt, ehe er die Fassung wiedererlangte.

»Miss Ravenport, ich bin mir durchaus im Klaren darüber, dass das nicht Ihr übliches Repertoire darstellt.« An dem Mann war wirklich ein Sherlock Holmes verloren gegangen. »Aber Ihr Manager hat mir überzeugend zugesichert, dass es für Sie und Ihre Band überhaupt kein Problem sein würde, sich auf das etwas andere Programm der gehobenen Klasse einzustellen.« Zum Ende hin erhielt seine Stimme eine fragende Note, als wüsste er selbst nicht mehr, wie er sich auf diesen Handel nur hatte einlassen können.

Er zweifelte an sich und dem Arrangement, während die Furche auf seiner Stirn immer tiefer wurde.

»Machen Sie sich keine Sorgen. Irgendwie werden wir das schon hinbekommen. Sind denn meine Kollegen schon da?«, versuchte ich die Wogen zu glätten, während es in mir brodelte. Was hatte sich Jimmy, dieser Idiot, nur dabei gedacht?

Der Spinner war imstande und verhökerte uns auf einem arabischen Souk, wenn ihm der Sinn danach stand und die Nullen auf dem Scheck seinem Gusto entsprachen. Wie konnte er nur auf die aberwitzige Idee kommen, dass wir in der Kürze der Zeit Klassiker von Sängern wie Edith Piaf einstudieren könnten? Auf Französisch?

Mir wurde plötzlich ganz heiß. Ich sehnte mich nach einer kalten Dusche und einem Glas echten Wassers, nicht diesem Importzeugs aus Russland. Das schlug mir leider immer noch fürchterlich auf den Magen.

»Nein, Sie sind die Erste.« Nun, diese Antwort ließ mich leider nicht ruhiger werden. Wenn die Jungs mitbekämen, was Jimmy da für einen Schwachsinn verursacht hatte, würden sie sicher durchdrehen.

Im Grunde waren es eigentlich alles gutmütige Naturen. Auf den Trip an die Côte d'Azur hatten wir uns alle sehr gefreut. Das letzte halbe Jahr war anstrengend gewesen. Wir hatten uns eine kleine Pause verdient.

Einfach mal die Seele baumeln lassen, im Meer baden und am Abend ein paar unserer Titel zum Besten geben. Fertig.

Was war bitte schön falsch daran? Damit hätten wir sicher auch diese alten Säcke beglücken können, die sich diesen kostspieligen Schuppen leisten konnten.

Meine Gedanken fuhren Karussell. Meine Bandkollegen würde ich jetzt sicher nicht erreichen. Die waren wahrscheinlich noch über den Wolken und hatten keinen blassen Schimmer, was hier auf dem Boden für eine Hiobsbotschaft auf sie wartete.

»Na gut. Dann würde ich mich gerne hinleg…« Die skeptischen Blicke von Monsieur Mercier ließen mich spontan umdisponieren. »Ich würde mich gern zurückziehen, um die Liste weiterhin zu studieren und, ähm, auswendig zu lernen?«

Das daraufhin einsetzende freudige Nicken des Hotelmanagers bestätigte mir, dass ich auf dem richtigen Weg war. Nur wie lange? Schließlich würde ich ihm schon bald mitteilen müssen, dass ich weder Französisch sprach noch auch nur den Hauch einer Ahnung davon hatte, wie ich diese zungenbrechende Sprache auf die Schnelle erlernen sollte.

Damit nicht genug. Schließlich musste ich es auch noch schaffen, in dieser Sprache zu singen. Dabei war es sicher nicht erlaubt, dass ich jedes Wort wie eine Erstklässlerin vom Papier ablas.

Jimmy! Das würde er mir büßen. Sobald ich ein Telefon in den Fingern hielt – mein Smartphone funktionierte hier zu allem Unglück auch nicht und mein Notebook lag ja auf dem Grund des Hudsons –, würde ich dem Penner mal gehörig den Marsch blasen.

Noch immer machte ich gute Miene zum bösen Spiel und lächelte Monsieur Mercier herzlich an. Die tiefe Furche auf seiner Stirn, die dem Grand Canyon zusehends Konkurrenz machte, war beinahe wieder glatt gebügelt. So war es besser.

Reichte ja schon, wenn einer von uns beiden den Tränen nahe war. Da gingen sie dahin: meine Ferien, meine Erholung, das Baden im Meer … Tja, dank Jimmy würde ich nun Tag und Nacht darauf verschwenden müssen, diese beschissenen Texte auswendig zu lernen.

»Gibt es denn im Hotel einen Computer, den ich nutzen könnte?«, fragte ich betont gelassen. Da mein Handy ja leider nicht funktionierte, musste ich schleunigst zusehen, wie ich an diese Liedtexte herankam.

»Wenn Sie etwas aus dem Internet benötigen, dann können Sie in unserer Bibliothek im dritten Stockwerk den für unsere Gäste zur Verfügung stehenden Computer benutzen.« Der skeptische Blick, mit dem mich Monsieur Mercier musterte, entging mir dabei nicht.

»Besteht denn auch die Möglichkeit, dort etwas zu drucken?«, hakte ich unbeeindruckt weiter nach. Schließlich wollten ja Monsieur Mercier und ich, dass die kommenden Abende nicht im Desaster endeten. Es müsste also durchaus in unserer beider Interesse sein, wenn ich mich anschickte, die schätzungsweise fünfzehn Titel auswendig zu lernen.

»Ja, Sie können dort beispielsweise Ihre Flugtickets drucken. Aber bis zu Ihrer Abreise ist es ja noch eine ganze Weile hin.« Wenn der wüsste. Beim Wort *Flugticket* war ich versucht, meinen eben abgestellten Koffer wieder in die Hand zu nehmen und schleunigst zuzusehen, dass ich hier wegkam.

Dann musste ich allerdings an meine Bandmitglieder denken. Die fänden es sicher nicht sonderlich prickelnd, wenn ihre Leadsängerin einfach so mir nichts, dir nichts stiften ginge. Außerdem war ich eigentlich nicht der Typ, der gleich Reißaus nahm, wenn ihm etwas nicht passte.

»Wann genau wird denn unser erster Auftritt sein?«, fragte ich so beiläufig wie möglich, während mein Herz erwartungsvoll einen Schlag aussetzte.

»Am morgigen Abend, wenn sie sich von den Strapazen des langen Fluges erholt haben. Wir sind ja keine Unmenschen.« Das zufriedene Lächeln, das seine Lippen umspielte, zeugte von der Zuversicht, die er in seine Worte legte. Er schien wirklich zu glauben, er wäre mir soeben großzügig entgegengekommen.

Ich spürte, wie all das Blut in meine Füße hinabsackte, und schaffte es gerade noch, mich im letzten Moment am Tresen festzukrallen, ehe ich das Gleichgewicht verlor.

»Ist Ihnen nicht gut? Brauchen Sie Hilfe? Soll ich einen Arzt kommen lassen?«

Ein Musiklehrer, der mir auf die Schnelle die Lieder beibringen konnte, die ich morgen Abend singen sollte, wäre für uns alle gewinnbringender gewesen. Aber diesen Kommentar ersparte ich Monsieur Merciers Nerven – jetzt, da sich seine Stirn wieder geglättet hatte – und schluckte ihn auf halbem Wege wieder hinunter.

»Nein, nein. Ein paar Stunden Schlaf werden sicher ausreichen.« *Und ein mittelgroßes Wunder*, ergänzte ich in Gedanken. »Ich bin so fit wie ein Turnschuh. Sie werden sehen.« Aus lauter Übermut zwinkerte ich dem Hotelmanager zu und warf mit Pistolenfingern nach ihm.

Ehe er etwas erwidern konnte, griff ich nach dem Schlüssel in seiner Hand.

»Den Weg finde ich allein. Bitte machen Sie sich wegen mir keine Umstände. Das gehört, ähm, sozusagen zum Rundumservice. Hä, hä.« Mein albernes Lachen am Ende verbesserte die Situation sicher kein bisschen. Die weit aufgerissenen Augen von Monsieur Mercier verfolgten mich noch, während ich wie bekloppt auf den Knopf drückte, der mir hoffentlich bald den Fahrstuhl nach unten in die Lobby beförderte.

Als sich die Türen öffneten und ich mit meinem Koffer in Händen bereits eintreten wollte, hörte ich eine mir bekannte Stimme sagen: »Ach nee? Das ist jetzt aber ein Zufall.«

Was Monsieur Mercier in den letzten fünfzehn Minuten nicht geschafft hatte, schaffte das Schicksal in nicht einmal fünf Sekunden: Es verschlug mir die Sprache.

Kapitel 10

»Was machst du denn hier?«, fragte ich noch immer perplex, als Snow in den Aufzug stieg.

»Wonach sieht es denn für dich aus?« Ihre unterkühlte Art dämpfte meine Freude über das unverhofft schnelle Wiedersehen nur gering.

»Musst du nicht aussteigen?«, fragte sie schließlich, als ich sie wie ein grenzdebiler Pudel anstarrte und einfach nicht den Blick von ihr abwenden konnte.

»Ich? Ach so. Nein. Das heißt, eigentlich wollte ich …« Ja, genau. Was wollte ich noch gleich?

Da auch nach all meinen Bemühungen einfach nicht mehr mit Schlaf zu rechnen gewesen war, hatte ich mich kurzerhand dazu entschieden, mir eine Badehose und Flip-Flops anzuziehen und über die Straße an die Promenade zu gehen.

Vielleicht würde mich der Blick in die Ferne, aufs offene Meer, etwas beruhigen und mir endlich dazu verhelfen, etwas Schlaf zu finden. Bis eben fand ich den Plan auch noch so richtig gut. Jetzt, da ich in der wenig männlichen Minionsbadehose vor ihr stand, schwand meine Überzeugung.

Für das abermalige Aufeinandertreffen hatte ich mir in Gedanken ein ganz anderes Szenario kreiert. Nun denn, jetzt galt es, die Chance beim Schopf zu packen und nicht wieder ungenutzt verstreichen zu lassen.

»Könnte ich womöglich deine Nummer bekommen?«, fragte ich bemüht gelassen, während sich hinter mir die Aufzugtür schloss und der Lift sich in Bewegung setzte. Verlegen raufte ich mir das Haar, während ich in Snows Miene einen Hauch Skepsis aufblitzen sah.

»Was willst du denn damit?«

»Nun, für den Fall, dass ich mal wieder meinen Pass verliere und nicht mehr weiter weiß …« Diese Ausrede war so erbärmlich. Ich machte mich schon auf die kalte Dusche gefasst, die Snow sicher gleich in Form von Worten auf mich hinabprasseln lassen würde.

Als sie allerdings mit »Wieso nicht?« antwortete, sah ich ziemlich verdutzt aus der Wäsche.

»Echt jetzt? Du gibst mir einfach so deine Nummer?« Ich konnte mein Glück einfach nicht fassen.

»Ja, warum nicht? In Frankreich scheint mein Handy eh nicht zu funktionieren. Bis ich zurück in den Staaten bin, hast du mich sicher schon vergessen oder dich mit heißen Französinnen über mich hinweggetröstet. Das Risiko ist also ziemlich gering für mich.«

Mit aufgeklapptem Mund lauschte ich im Jetlagdelirium ihren Ausführungen. Die Hoffnung, die ich naiver Träumer eben noch hatte, nämlich, dass sie diese intensive Verbindung zwischen uns auch gespürt hatte, verpuffte im Nichts.

»Ähm, ja klar.« Verlegen räusperte ich mich und zückte mein Telefon.

»Ach, gib schon her! Ich speichere die Nummer schnell

selbst bei dir ein. Bei der Gelegenheit: Hast du eigentlich Datenroaming?«

Ohne lange zu zögern, reichte ich ihr mein Telefon. Als sich unsere Hände dabei für einen kurzen Augenblick berührten, stand ich lichterloh in Flammen. Diese Frau war mein Untergang. Das war so sicher wie das Amen in der Kirche.

»Klar hab ich Internet. Heutzutage kommt man ja kaum mehr ohne aus. Auf dem Zimmer habe ich sogar Wi-Fi. Aber was …?«

»Dann würde ich dich gerne für einige Zeit auf dein Zimmer begleiten.« Bei diesen Worten sank meine Kinnlade so tief, dass ich befürchtete, sie könnte sich aus der Verankerung lösen.

Der personifizierte Sex auf zwei Beinen, die Frau, die mich nicht mehr schlafen ließ und nonstop in meinen Gedanken Präsenz zeigte, wollte freiwillig und ungefragt mit mir auf mein Zimmer? Holy shit! Was lief hier bitte schön gerade? Wie hatte ich ihren plötzlichen Gemütswandel zu deuten?

Aber im Grunde interessierte es mich nicht die Bohne. Im fünften Stockwerk verließen wir also gemeinsam den Aufzug und liefen dicht beieinander durch den schmalen Flur zu meinem Zimmer. Beim Öffnen der Tür beförderte ich meinen Verstand in den Korridor und überließ meinem Herzen die Führung.

»Magst du etwas trinken?«, fragte ich ganz gentlemanlike.

»Ein Wasser und eine Kopfschmerztablette wären toll.«

»Gerne. Wo kommst du jetzt eigentlich erst so spät her? Wir sind bestimmt schon seit zwei Stunden im Hotel.« Ich eilte zu der kleinen Minibar, die sich im Zimmer gleich neben dem Schreibtisch befand. Die obligatorischen Nüsschen lagen obenauf, neben zwei Tütchen Kaffeepulver zum Aufbrühen.

»Huch, ich wusste gar nicht, dass ich dir Rechenschaft darüber ablegen muss, wo ich mich aufhalte«, gab sie gewohnt schnippisch von sich. Sie ließ sich ungern kontrollieren, liebte ihre Freiheit. Ihre Unabhängigkeit war ein wesentlicher Teil von ihr und im Grunde respektierte ich das auch.

Wusste ich doch nur zu gut, wie es sich anfühlte, wenn alle immer über jeden Schritt, den man tat, Bescheid wissen wollten. Es lähmte einen, schränkte einen in der Lebensplanung dermaßen ein, dass man entweder irgendwann ausbrach oder sich ein Leben lang diesem Gefüge unterordnet.

Mir war es letztlich gelungen, meiner Familie zumindest ansatzweise verständlich zu machen, dass ich so, wie sie mich überwachten, nicht länger leben konnte. Viele weigerten sich noch immer, meine Lebensweise zu akzeptieren. Doch das war ihr Problem, nicht meins.

Ich sah Snow in diese dunklen argwöhnischen Augen, die zu überlegen schienen, ob das hier wirklich so eine gute Idee gewesen war. Verständnisvoll nickte ich ihr dann zu.

Meine Frage war viel zu persönlich, als dass ich sie hätte stellen sollen. Das wurde mir nun auch bewusst. Eigentlich wollte ich nur Small Talk betreiben, und dabei hatte es mich aufrichtig gewundert, dass sie im Verhältnis zu uns so spät im Hotel angekommen war. Ich war neugierig geworden.

»Wenn du es unbedingt wissen willst: Ich stand noch ’ne ganze Weile am Flughafen rum wie bestellt und nicht abgeholt, weil der Bus vom Hotel, der mich abholen sollte, einfach nicht kam. Zufrieden?«

Das Vertrauen, das sie mir nun so unverhofft schenkte, rührte mich. Ein Schmunzeln huschte über mein Gesicht. Ich drehte mich erneut zu dem Kühlschrank um, damit Snow nicht sehen konnte, wie sehr mich ihre Offenheit ehrte.

Beherzt griff ich schließlich nach der Wasserflasche. »Ich hätte hier übrigens auch noch härtere Sachen, falls du im Anschluss an …« Was auch immer – wozu war sie noch einmal mit auf mein Zimmer gekommen? »… noch einen Absacker brauchst, um einschlafen zu können. Wodka?«

»Nee, nee, lass mal lieber. Meine Erfahrungen mit dem Zeugs waren bisher nicht die besten und reichen mir erst mal für die nächste Zeit.«

»Ganz wie du meinst.« Als ich ihr die Flasche hinstreckte, berührten sich abermals unsere Hände. Ich fixierte ihre Augen, suchte darin nach einem Anhaltspunkt, ob auch sie das Kribbeln spürte, das mich sogleich wieder erfasste.

Die bernsteinfarbenen Sprenkel in ihrer Iris leuchteten kurz auf, ehe sie mir das Wasser regelrecht erschrocken aus den Händen riss. Ihr behagte es augenscheinlich nicht, mir so nah zu sein.

»Kann ich jetzt dein Smartphone haben?«

»Ah, ja.« Das war es gewesen. Sie hatte mein Telefon gewollt. Wusste ich es doch, dass da noch etwas war. Ich zog es aus der Badehose und streckte es ihr bereitwillig hin, als mich die Neugierde erneut packte.

»Was hast du denn damit vor?« Abermals musterte sie mich kritisch. So beeilte ich mich zu ergänzen: »Nicht, dass du irgendwelche kostspieligen Nummern im Ausland anrufst.«

»Daher weht der Wind! Pah, mach dir darüber mal keine Gedanken. Außerdem: Wer sich so nen noblen Schuppen leisten kann …« Dabei erhob sie die Hände gen Zimmerdecke. »… der sollte sich wegen den paar Dollar Mobilfunkkosten mal nicht ins Hemd machen. Oder?«

Nun war guter Rat teuer: Sollte ich ihr anvertrauen, dass ich mir das Hotel nicht mal in der Nebensaison leisten konnte? Oder lieber den Ball flach halten und abwarten, wie sich die Geschichte noch entwickelte?

Im Grunde ging es ja nicht darum, den Krösus zu markieren, aber verspielte ich mir am Ende womöglich mit meiner Ehrlichkeit die Chance auf mehr? Ich entschied mich dazu, den Ball weiter im Spiel zu lassen und mich einfach nicht dazu zu äußern.

Ich musste zugeben, dass ich mich damit nicht mehr ganz auf dem rechten Pfad der Tugend befand. Tante Heather hätte es sicher nicht gutgeheißen, dass ich Phoebe belog. Doch in diesem speziellen Fall erschien es mir erfolgversprechender, um ans Ziel zu gelangen – nämlich zu ihrem Herz.

Außerdem konnte man, wenn überhaupt, nur von einer klitzekleinen Notlüge sprechen. Und auch das war eigentlich schon zu viel, da ich ja nicht einmal etwas gesagt hatte. Wie war das noch gleich: Reden ist Silber, Schweigen ist Gold?

»Mache ich auch nicht. Keine Sorge«, versuchte ich die Kurve zu kriegen. Verlegen kratzte ich mich im Nacken, während Phoebe mich mit hochgezogenen Brauen fokussierte.

»Okay.« Dabei wandte sie ihren Blick von mir ab und tippte etwas in das kleine rechteckige Kästchen in ihrer Hand. Auf ihrer Stirn bildete sich eine tiefe Furche, während sie offensichtlich in etwas vertieft war.

Ich stand noch immer an Ort und Stelle. Was sollte ich jetzt tun? Wäre es nicht besser, ihr etwas mehr Privatsphäre einzuräumen?

Himmel, ich war total überfordert. Die bleierne Müdigkeit, die mich erfasste, war mir keine besonders große Hilfe bei der Problemlösung. Ganz im Gegenteil.

Als mich Phoebe plötzlich fragte: »Wie gut sind deine Kenntnisse in französischen Chansons?«, zweifelte ich einen Augenblick an meiner Auffassungsgabe. Hatte sie mich das gerade wirklich gefragt oder spielte mir meine Fantasie einen Streich?

»Ich würde sagen: rudimentär, wenn überhaupt. Warum fragst du mich das?« Für einen Moment war ich versucht zu glauben, dass sie Kontakt zu ihrem Freund aufnehmen wollte.

Ich meine, wenn man doch eben erst am Urlaubsort angekommen ist, meldet man sich doch bei Familie und Freunden, um ihnen zu sagen, dass man gut das Ziel erreicht hat. Warum sonst sollte man sich sogar von einem völlig Fremden das Telefon borgen und mit diesem sogar bis aufs Zimmer gehen?

»Ich muss bis morgen Französisch lernen«, antwortete sie mit noch immer auf das Display gesenktem Blick. Plötzlich hob sie ruckartig ihren Kopf und sah in meine Richtung. »Also die Sprache natürlich.«

»Selbstverständlich«, antwortete ich verschmitzt, während ich den Anblick ihrer knallroten Wangen genoss.

***

Mist, verdammter. Was verzapfte ich hier eigentlich für einen Blödsinn und warum wurde mir plötzlich so heiß? Sicher noch Nachwehen meiner turbulenten Reise mit Air Vodka.

Ein unbändiger Schmerz hämmerte wie wild gegen meine Schläfen, meine Zunge fühlte sich pelzig an, während mein Geist viel lieber in den Stand-by schalten würde.

Doch leider war an Schlaf nicht im Entferntesten zu denken.

Wenn ich einen Tobsuchtsanfall von Ryan verhindern wollte, dann musste ich gute Miene zum bösen Spiel machen und vorgeben, die Scheiße, in die uns Jimmy sehenden Auges hineinmanövriert hatte, wäre ein Klacks für mich.

Nicht, dass ich Jimmy gerne in Schutz nahm. Gott bewahre. Sobald ich zurück in den Staaten war, würde ich ihm eigenhändig die Eier abschneiden. Dieser Bastard konnte was erleben, wenn ich ihn in die Finger bekam.

Aber Ryan war einer dieser cholerischen Bassisten, die man besser nicht auf dem falschen Fuß erwischte. Wenn der ein nur ansatzweise ähnliches Martyrium durchlaufen hatte wie ich bei dem Hinflug, galt es für uns, jeden Stress von ihm fernzuhalten.

Leider war er nämlich einer der Typen, die gut und gerne aus einer Laune heraus alles hinschmissen und einfach gingen. Das hatten wir, seit er damals über Jimmy in unsere Band gekommen war, bereits dreimal erlebt – Washington D.C. 2011, New Jersey 2013 und Denver 2015. Merkwürdigerweise war er jedoch jedes Mal nach kurzer Zeit zurückgekehrt.

Eigentlich wäre sein nächster Ausraster – zumindest statistisch gesehen – erst wieder 2017 fällig, allerdings würde Ryan, wie ich ihn kannte, bei den hiesigen Widrigkeiten sicher eine Ausnahme machen.

Und dabei brauchten wir ihn dringender denn je. Der Typ war einfach ein begnadeter Musiker. Er hörte eine Melodie und konnte sie, ohne die Noten zu kennen, nachspielen. Ein absolutes Wunderkind, das, aus mir völlig unerfindlichen Gründen, in unserer drittklassigen Band spielte.

Doch wahrscheinlich war es wie mit allem im Leben: Es gab unzählige dieser begnadeten Virtuosen, Menschen, die ihre Sache besonders gut machten und dennoch nur von der Hand in den Mund lebten.

Ein anfangs nur sehr leises Klopfen war plötzlich zu hören. Es riss mich aus meinen Gedanken. Ich blickte fragend zu Niklas. Der hob ebenso unwissend die Schultern.

In meiner Hand trällerte noch immer eine unglaublich traurige Stimme eine der Chansons – YouTube sei Dank –, die ich bis morgen zu lernen hatte. Ich verstand rein gar nichts, obwohl das Lied bereits in Dauerschleife lief. War Französisch überhaupt eine Sprache? War es nicht vielmehr eine Strafe Gottes, der nach dem Turmbau zu Babel einfach auch mal die Schnauze von seiner Brut – der Menschheit – voll hatte?

Abermaliges Hämmern setzte ein, als Niklas nicht reagierte.

»Niklas? Bist du wach? Natürlich bist du wach. Ich höre doch diese schreckliche Musik bei dir. Warum hörst du nur …?« Kurze Pause, in der ich eine ungefähre Ahnung davon bekam, wer da vor der Tür stand. »Nee, oder? Hast du da drinnen etwa gekifft? Niklas, ich schwöre, wenn du …«

»Stacy, es ist alles bestens. Das ist nur der Radiowecker, den ich mir gestellt hatte«, beeilte sich dieser nun, die hysterische Frau im Flur zu beruhigen.

Mann, Mann, Mann. Manchmal verstand ich die Welt nicht. Dieser Niklas liebte anscheinend das Abenteuer und lebte gerne am Limit. Warum sollte er sich sonst gleich auf vier Frauen einlassen? Das war wirklich eine Mammutaufgabe. Doch der Sex würde ihn sicher entschädigen.

Dennoch war er zwischenzeitlich etwas blass um die Nase geworden. Er bedeutete mir mit dem Zeigefinger vor dem Mund, still zu bleiben. Ich hielt noch immer das Handy in der Hand und fragte leise: »Was tust du für mich, wenn ich die Klappe halte?«

»Na, dann komm endlich an die Tür und lass mich rein. In meinem Zimmer fehlt in der Minibar der Prosecco. Die anderen warten schon auf mich. Kannst du mir deinen bitte mal rausbringen?«

Niklas blickte gehetzt zwischen mir und der sprechenden Tür – natürlich können Türen nicht sprechen, doch wenn man kein Gesicht vor Augen hat und nicht wirklich weiß, wer da vor der Tür steht, dann könnte es unter Umständen ja auch das Stück Holz sein, das … okay, schieben wir es auf den Wodka – hin und her.

Auf die kurze Entfernung konnte ich ganz deutlich erkennen, wie es hinter seiner Stirn zu rattern begann. Einzelne Schweißtropfen brachen ihm auf der Stirn aus. Die geweiteten dunkelbraunen Augen zeugten von seiner Angst.

Ja, Angst. Diese stand ihm nämlich sprichwörtlich ins Gesicht geschrieben. Als ob ihm ein furchtbares Unheil drohte, wenn diese Stacy mitbekäme, dass Niklas nicht allein im Raum war.

Womöglich gab es da ganz spezifische Abmachungen in ihrem Harem, die es ihm verboten, mit anderen Frauen zu schlafen.

»Ich tu alles, was du willst«, japste er schließlich wie ein Verdurstender in der Wüste. Oje, dem hatte man offensichtlich übel mitgespielt. Langsam tat es mir schon leid, dass ich ihn diesen Qualen aussetzte.

»Niklas? Was machst du denn da drinnen? Hallo? Ich warte!«, schrillte es erneut in dieser unangenehmen Tonlage durch die Tür hindurch.

»Wie gut sprichst du Französisch?«, fragte ich leise. Ein Schmunzeln konnte ich mir dennoch nicht verkneifen, als ich seine Augen noch eine Spur größer werden sah.

»Ich kann mich ganz gut verständigen. Warum fragst du?«

»Nun, ich müsste bis morgen Abend Französisch singen können. Meinst du, du schaffst es, mir in der Kürze der Zeit die Songtexte beizubringen?« Hoffnungsvoll blickte ich ihn an, während sich auf seiner Stirn diese tiefe Furche bildete, die den St. Andreas-Fault vor Neid erblassen lassen würde.

»Seh ich aus wie … Gott? Glaubst du, ich kann Wunder vollbringen?« Falsche Antwort.

Ich räusperte mich bereits, um Niklas und Stacy eine Kostprobe von meinem schauspielerischen Talent zu bieten. Ein freudiges Stöhnen würde mir sicher dabei helfen, die Frau im Gang rasend vor Eifersucht zu machen.

Niklas schüttelte bereits wie wild mit dem Kopf, als ich meinen Mund öffnete und lasziv mit meiner Zunge über meine Lippen strich. Dabei warf ich meine langen schwarzen Haare in den Nacken und fuhr mir mit der rechten Hand über die Wange.

Bevor ich die Augen schloss und mich ganz in meiner Rolle einfand, konnte ich deutlich sehen, wie Niklas in eine bizarre Schockstarre verfallen war. Er überlegte augenscheinlich fieberhaft, was nun zu tun war: zu mir eilen, um mir den Mund zuzuhalten, oder Stacy in Sekundenschnelle das angeforderte Getränk reichen und hoffen, dass sie nichts von seinem Besuch mitbekommen hatte.

Doch ich ließ ihm keine weitere Bedenkzeit und stöhnte auf.

»Niklas, hast du etwa eine Frau bei dir? Das kann ja wohl nicht wahr sein!«, keifte es auch schon aus Richtung des Flures.

Niklas stürzte nun doch zu mir, presste mir eine Hand auf den Mund und drehte mich zu sich in die Umarmung und damit gleichsam an seinen nackten Oberkörper. Ganz nahe an meinem Ohr sagte er schließlich: »Okay, ich helfe dir bei dieser beschissenen Sache. Halt jetzt aber endlich deine Klappe! Hörst du?«

Aufgrund der Tatsache, dass er mir währenddessen noch immer den Mund zuhielt, nickte ich schließlich, um mein Einverständnis zu bekunden.

Worauf hatte ich mich hier nur eingelassen? Der Typ war doch eindeutig wahnsinnig. Wobei mir seine Nähe ganz und gar nicht zuwider war. Nein, leider sehnte ich mich danach, dass er mich noch viel enger in seine Arme zog und Dinge mit mir machte, die ich auf keinen Fall mit ihm machen sollte.

Nicht nur, weil Stacy und die anderen Frauen sicher nicht sonderlich begeistert davon wären. Nein, die waren mir eigentlich ziemlich egal. Aber ich hatte mir vorgenommen, nie mit einem Mann in die Kiste zu springen, wenn ich noch nicht einmal wusste, wie sein zweiter Vorname war, wann er Fahrrad fahren gelernt hatte und das erste Mal verliebt gewesen war. Kurz: Ich wollte den Menschen kennenlernen, bevor ich mit ihm intim wurde.

Während ich mich in Gedanken dafür ohrfeigte, dass mein verräterischer Körper rein gar nichts auf meine Vorsätze gab und sich mein Po noch etwas näher in Niklas' Richtung streckte, hörte ich ihn sagen: »Stacy, wenn du es genau wissen willst: Ich schaue mir einen Porno an. Zufrieden?«

»Du machst was? O mein Gott, wie widerlich. Ich verzichte auf den Prosecco.« Wutschnaubend machte sie sich schließlich mit lautem Stampfen vom Acker.

Plötzlich tat mir Niklas leid. Offensichtlich durfte er in der

Kommune nicht einmal selbst Hand anlegen. Armer Kerl. Die vier Frauen waren wohl unersättlich und ließen ihm nicht mal die Freuden eines Pornos.

Als ihre Schritte verklungen waren, hielt Niklas noch immer seine Hand auf meinen Mund. Das wurde mir dann doch zu bunt und ich wand mich sodann gekonnt aus der Umklammerung.

Mein Blick fiel dabei wie zufällig zwischen seine Beine. Die körperliche Nähe zwischen uns hatte ihn wohl auch nicht kaltgelassen. Gut zu wissen. Auch wenn es natürlich vollkommen egal war. So, in Anbetracht meiner festen Vorsätze und unumstößlichen Prioritäten.

Und überhaupt: Niklas war sicher keine besonders gute Wahl. Schließlich müsste ich dann mit vier weiteren Frauen um ihn konkurrieren. Ihm würde es sicher gefallen, wenn ich mich in seinen Harem eingliedern würde, doch ich war ein strenger Verfechter der Monogamie.

»Nun, Phoebe, nachdem wir das geklärt hätten, würde ich gerne die Modalitäten mit dir besprechen: 1. Das wirst du mir noch büßen. Ich kann es nicht leiden, wenn man mich erpresst. 2. Du wirst dich jetzt nicht zum Schlafen hinlegen, sondern gleich mit einer Lektion Französisch beginnen.« Der energische Tonfall in seiner Stimme erregte mich, während seine verheißungsvolle Anspielung mir einen innigen Schauer über den Rücken laufen ließ. »3. Du wirst dieses Zimmer erst wieder verlassen, wenn ich es dir erlaube.«

Schluck. Dieser harsche Befehlston klang so unglaublich gut in meinen Ohren. Etwas in meinem Schoß begann plötzlich heftig zu zucken, während ich mich wieder in

Niklas' Arme zurücksehnte.

Wie war das noch gleich mit meinen Vorsätzen? Ach, verdammt. Ich war ein erbärmliches Beispiel, wenn es darum ging, seinen Prioritäten treu zu bleiben. Was hatte dieser Typ nur an sich, dass ich mir gerade nichts sehnlicher wünschte, als mich mit ihm auf dem Kingsize-Bett neben uns durch die Federn zu wühlen?

»*Komm schon*«, ermahnte mich meine innere Stimme, die keine Widerrede duldete. »*Reiß dich mal am Riemen! Du tust ja gerade so, als wenn du noch nie einen heißen Typen gesehen hättest.*«

Natürlich hatte ich schon des Öfteren einen knackigen Arsch – bedeckt oder unbedeckt – gesehen. Und natürlich war Niklas nicht der erste Mann auf dieser Welt, der diese Reaktion in mir hervorrief.

Im Grunde und bei genauerer Betrachtung war er nichts weiter als solides Mittelmaß. Ich meine, dieses wuschelige, schläfenlange blonde Haar im Kontrast zu den dunklen Augen war sicher etwas Besonderes. Auch sein honigfarbener Teint war ganz nett anzusehen. Ohne Frage.

»Hast du mich verstanden?«, fragte mich dieser nun mit diesem Funkeln in den Augen, das sicher von seiner Wut zeugte. Denn wütend war er allemal. Wie sehr, wusste ich zu diesem Zeitpunkt noch nicht. Dass es mich erregte, konnte ich nicht mehr bestreiten.

»Klar und deutlich«, wisperte ich schließlich, während die Vernunft in mir, die mir noch geblieben war, rebellierte: »*Phoebe, du benimmst dich wie ein Teenager. Deine Hormone sind auf Gefechtsstation und können jeden Moment zünden. Cool mal wieder down!*«

Genau. Jetzt hieß es einen kühlen Kopf zu bewahren und sich nicht anmerken zu lassen, wie es in meinem Inneren aussah. Ging ihn ja auch nichts an. Ablenkung hieß nun die Devise.

»Warum gehst du eigentlich überhaupt auf den Handel ein? Deine Gespielin ist doch eben davonspaziert. Du bist also nicht länger der Gefahr ausgesetzt, aufzufliegen.«

»Nun, du kleines Biest wirst sicher einen Weg finden, mir die kommenden Tage zur Hölle zu machen. Nenn es weise Voraussicht oder das Abwägen zwischen Pest und Cholera.«

Niklas taxierte mich genau. Er ließ seinen Blick nicht von mir ab. Als er seine Arme in die Hüften stemmte, spannten sich die Muskeln seiner Oberarme. Noch immer hatte er nichts als seine Badehose am Leib. Jede Faser seines nackten Oberkörpers war einfach perfekt. Himmel, der Mann kämpfte wirklich mit allen Waffen, die ihm zur Verfügung standen.

Ich sog die Luft energisch zwischen meinen Zähnen hindurch ein, während ich hoffte, mein aufgewühltes Inneres nicht allzu offensichtlich zur Schau zu tragen. Damit war schließlich keinem geholfen. Mir am allerwenigsten.

»Also, was ist jetzt?« Ich gab mich tough und stemmte ebenfalls meine Hände in die Hüften. »Wollen wir anfangen?«

Niklas' Zähneknirschen war überdeutlich zu hören. Sein »Aber sicher doch« kam einer Verwünschung gleich.

»Fein.«

»Fein.«

Und damit war alles gesagt.

Kapitel 11

Ein Schmunzeln stahl sich auf meine Lippen, dabei wollte ich doch ernst dreinsehen. Wie Snow da vor mir stand und mit sich rang, erregte mich. Ihre geröteten Wangen zeugten von einem inneren Aufruhr, der nur durch die körperliche Nähe zu mir verursacht worden sein konnte.

Das Knistern, das anfangs nur ich gespürt hatte, wenn ich in ihrer Nähe war, hatte nun offensichtlich auch einen Weg zu ihr gefunden. Verschämt blickte sie zu Boden, während ich weiter den starken Mann markierte.

»Wo sind jetzt diese Texte? Ich habe schließlich nicht den ganzen Tag Zeit.« Ich gab mich weiterhin schroff, darum bemüht, meine Fassade nicht bröckeln zu lassen.

Snow sah mich eingeschüchtert an. Für einen Moment tat es mir sogar leid, dass ich sie so anging, aber Strafe musste sein. Ich ließ mich ungern erpressen. Außerdem konnte ich es nicht leiden, wenn jemand glaubte, über mich bestimmen zu können.

»Die sind alle hier in deinem Telefon«, wisperte sie schließlich.

»Hm … Das ist dann vielleicht doch etwas ungünstig. An dem kleinen Display werden wir sicher nicht so gut arbeiten können. Ich habe allerdings auch noch meinen Laptop dabei. Das geht sicher besser.«

Ehe ich mich auf die Suche nach dem Teil machte – wie

gesagt, Ordnung war nicht unbedingt mein zweiter Vorname –, beäugte ich Snow abermals von oben bis unten. Diese Frau strahlte so viel Sexappeal aus, dass es mir sehr schwerfallen würde, während der Übungsstunde meine Finger bei mir zu behalten.

Diese geschwungenen Lippen riefen förmlich nach mir, während Snows Augen über meinen Körper huschten und begierig an einer ganz bestimmten Stelle Halt machten. Ja, mir entging das nicht.

Dennoch würde ich nicht darüber hinwegsehen, dass mich dieses kleine Biest erpresst hatte. Aber hey, wie hieß es denn so schön: Rache ist süß, oder?

Als ich meinen Laptop endlich in den Untiefen meines Koffers fand, gut gepolstert zwischen meinen Unterhosen und den Socken, setzten wir uns aufgrund der Tatsache, dass nur ein Stuhl in diesem Raum vorhanden war, auf mein Bett.

Ich kann nicht behaupten, dass mich dieser Umstand besonders störte. Nein, ich freute mich diebisch, dass sich Snow innerlich wand, ehe sie schließlich neben mir Platz nahm.

»Na, dann zeig mal her«, forderte ich sie auf.

Ein skeptischer Blick traf den meinen. Offensichtlich verstand sie nicht gleich, worauf ich hinauswollte.

»Ach so. Du meinst die Liedtexte.«

Unter Aufbietung all meiner Kräfte unterdrückte ich ein Lächeln, das sich gerne auf meine Lippen gestohlen hätte. Jetzt hieß es keine Schwäche zeigen.

»Was hast du denn gedacht?« Dabei glitt mein Blick absichtlich über sie, blieb an ihrem vollen Busen hängen.

Das Knistern zwischen uns war kaum mehr überhörbar. Wie kleine elektrische Stromstöße schossen die Hormone leuchtende Blitze auf uns ab. Treffer, versenkt.

Wie lange würden wir in dieser aufgeheizten Atmosphäre noch die Finger voneinander lassen können? Mir wurde plötzlich furchtbar heiß, was nicht im Geringsten an dem Laptop auf meinem Schoß lag.

Nein, vielmehr brachte mich die Berührung unserer beider Oberschenkel beinahe um den Verstand. Geistesgegenwärtig reichte ich Snow das Gerät rüber, um sie die besagten Texte suchen zu lassen.

Schon beim ersten Fund musste ich schlucken, denn ich hatte auf die Frage nach meinen Französischkenntnissen nicht ganz wahrheitsgetreu geantwortet. Erst mal die gute Nachricht: Ja, ich konnte mich recht gut in dieser Sprache verständlich machen.

Das war aber nicht dem Umstand geschuldet, dass ich sie in Wort und Schrift erlernt hatte. Nein, das hatte ich vielmehr meiner Offenheit zu verdanken. Aufgrund dieser Charaktereigenschaft war es mir nie schwergefallen, mit anderen Menschen in Kontakt zu kommen.

Bei meinem letzten, längeren Aufenthalt in Frankreich hatte ich schnell Freunde gefunden, die mir die Sprache mündlich beibrachten. Die Worte, die nun vor mir aufschienen, lasen sich für mich wie ein gänzlich unbekannter Kauderwelsch, mit dem ich nichts anfangen konnte. Eine Sprache, von der ich bisher noch keinen blassen Schimmer hatte, dass sie überhaupt existierte.

»Und? Was meinst du? Wie lange wird es dauern, bis ich

den Text kann?«

Snows Frage setzte mich noch weiter unter Druck. Viele Menschen arbeiten gerade in einer solchen zwanghaften Situation ausgesprochen ertragreich – ich nicht. Ich brauchte schon Ruhe und Gelassenheit, um meinen Alltag zu bestreiten.

Mein Herz schlug mir bis zum Hals, während ich mich gedanklich nach einer Lösung für mein Problem umsah.

Doch plötzlich kam mir eine Idee. »Lass mich die Titel mal auf YouTube ansehen.« Das war es. Geistesblitz sei Dank, kam mir gerade noch in vermeintlich allerletzter Sekunde eine Möglichkeit, um mir die Blöße vor Snow zu ersparen.

Ich suchte also nach dem Lied und wurde umgehend fündig. Der Text war sogar in das Video integriert. Bingo!

Um die Zeilen noch besser verstehen zu können, schnappte ich mir meine Kopfhörer aus dem Koffer und beschallte mein Gehirn mit den Chansonklängen, die ich mir sonst sicher nicht freiwillig angehört hätte.

Ich hörte das Lied in Dauerschleife. Nach zwanzig Minuten nahm ich die Hörer schließlich wieder ab.

»Gar nicht schlecht.« Das schelmische Lächeln auf Snows Lippen enthielt keine Spur mehr von der Unsicherheit, die sie noch vor wenigen Minuten an den Tag gelegt hatte.

»Was meinst du?«, fragte ich verunsichert.

»Deine Stimme. Mit etwas Training und harter Arbeit könntest du sicher schnell große Fortschritte machen.«

Mir schwante Böses. »Habe ich etwa laut gesungen?«

»O ja. Und wie.« Nun lächelte sie mich freudig an, während ich mir ein Loch im Boden wünschte. Der Jetlag und die rebellischen Hormone taten mir offensichtlich nicht besonders gut. Ich hatte nicht einmal bemerkt, dass ich mich hier zum Deppen machte.

»Das war natürlich so beabsichtigt«, beeilte ich mich, meine Scham zu überspielen. »Kannst du das Lied denn nun? Schließlich habe ich es nur mitgesungen, damit du die Möglichkeit hast, live und in Farbe zu sehen, wie du es aussprechen musst.«

»Das ist dir, wie gesagt, richtig gut gelungen. Respekt hierfür. Die eine Stelle ziemlich in der Mitte ist mir allerdings noch immer ein Rätsel.« Während sie das sagte, rutschte sie noch ein Stück näher zu mir und beugte sich dann ohne Vorwarnung über die Tastatur des Laptops, sodass ich besten Ausblick auf ihre Brüste hatte.

Das Atmen fiel mir plötzlich schwerer, während die eng anliegende Badehose überdeutlich über meinen Erregungszustand Auskunft erteilte. Dabei wehte mir noch dieser frische Fliederduft in die Nase und betörte meine Sinne.

Intuitiv schloss ich die Augen und gab mich diesem himmlischen Gefühl der Vertrautheit hin. Was gäbe ich nur dafür, wenn ich noch ein wenig mehr von ihr erspüren könnte!

Meine Finger zuckten bei der Vorstellung, was sie alles mit ihr anstellen könnten, mein Herz zog sich schmerzvoll zusammen, als mir bewusst wurde, wie sehr ich mich nach dieser Frau sehnte.

»Phoebe, würde es dir etwas ausmachen, wieder etwas zur Seite zu rutschen?«, japste ich völlig außer Puste.

Ihr prüfender Blick glitt über mich und blieb schließlich zwischen meinen Beinen hängen. Ihr »Oh!« sagte mehr, als tausend Worte je dazu in der Lage gewesen wären.

Ich senkte den Kopf, um ihr nicht direkt in die Augen sehen zu müssen. Dabei gab es nichts, wofür ich mich zu schämen hatte. Ich war nun mal auch nur ein Mann und kein beschissener Heiliger.

»Ich denke, es wird das Beste sein, ich schaue mir die Lieder erst mal in Ruhe allein an. Kann ich mir hierfür deinen Laptop borgen?«

Im Grunde war es sicher für alle das Beste, wenn sie jetzt das Zimmer verließ. Nicht auszumalen, was sonst alles passieren konnte. Doch in mir sträubte sich alles dagegen, ihren Vorschlag gutzuheißen.

Nein, ich wollte vielmehr gegen ihre Anregung aufbegehren, ihr klarmachen, dass sie nicht zu gehen hatte, ehe ich es ihr erlaubte.

»Du kannst jederzeit wieder vorbeikommen, wenn dir danach ist. Aber der Laptop bleibt schön hier in meinem Zimmer.«

Snow schien noch einen Moment zu überlegen. Dann schwang sie sich von dem hohen Bett auf den Boden und sagte eingeschnappt: »Fein. Wenn das so ist, dann gehe ich jetzt erst mal auf mein Zimmer. Meine Bandmitglieder sollten auch bald da sein. Da wird sicher noch jemand einen Laptop dabeihaben. Dooferweise habe ich mein Exemplar aus einer Kurzschlussreaktion heraus in den Hudson River geworfen.«

»Du hast was?« Das Feuer, das aus ihren Augen zu mir

rüberfunkelte und abermals ihre Sprenkel in der Iris zum Leuchten brachte, berauschte mich. Ich konnte mich gar nicht daran sattsehen. Ich wollte mehr davon, wollte sie spüren, sie um den Verstand bringen, ihr sagen, wie sehr sie mich faszinierte.

Doch nichts von alledem tat ich.

»Frag nicht!«, antwortete sie distanziert. Es schien fast so, als hätte sich zwischen uns eine Mauer errichtet. Stein auf Stein stand sie vor uns und trennte uns von dem, was wir beide doch so sehr begehrten: den jeweils anderen.

»Nun, du weißt, wo du mich findest, wenn du Hilfe brauchst.« Den unterkühlten Ton in meiner Stimme konnte ich nicht vermeiden. Es missfiel mir, dass sie sich einfach so von mir losriss, während ich mich danach sehnte, jede Faser ihres Körpers in Beschlag zu nehmen.

Mit einem abermaligen »Fein« schnappte sie sich ihren Koffer und den Rucksack, die sie beide bei der Ankunft in meinem Zimmer hatte achtlos mitten im Raum fallen lassen, und steuerte in Richtung Ausgang. Dabei warf sie keinen Blick zurück.

Ich hastete ihr nach, während sie bereits eine Hand auf die silberne Türklinke gelegt hatte. Als ich sie schließlich erreichte, berührte ich mit dem Mut der Verzweiflung ihre nackten Schultern. »Geh nicht!« Dabei drehte sie sich wie in Zeitlupe zu mir um. »Bleib bei mir!«

Für einen Moment hielt sie inne, starrte auf den Boden, ehe sie ihren Blick hob und mir direkt in die Augen sah. Darin war so viel Leidenschaft zu sehen, dass es mich völlig umhaute und ich sie am liebsten vom Fleck weg auf mein

Bett getragen und ihre Lippen mit den meinen bedeckt hätte.

»Niklas, bist du fertig mit … dem, was du da vorhin gemacht hast?«, dröhnte Stacys Stimme, nur getrennt von der Türe, zu uns durch. Der magische Augenblick war dahin, plattgewalzt wie durch eine Planierraupe.

»Stacy, ich habe diesen beschissenen Prosecco längst selbst getrunken«, schnaubte ich wütend, als mir bewusst wurde, dass Stacy mir gerade gründlich die Partie versaut hatte.

Mann, diese Frau war wirklich eine Landplage. Was hatte sie denn nur gegen mich, dass sie mir immer und bei jeder Gelegenheit ins Handwerk pfuschen musste?

»Darum geht es nicht. Drew hat mit mir geteilt, obwohl Miranda eigentlich zuerst sagte, sie wolle …«

»Stacy, fasse dich kurz. Was ist los?«, schnauzte ich sie nun ungehalten an, während ich machtlos zusehen musste, wie sich Snows Miene verfinsterte.

»Nichts weiter. Wir gehen jetzt alle an den Strand, und ich wollte fragen, ob du uns begleiten möchtest. Nicht, dass du auf die Idee kommst, dich bei Tante Heather zu beklagen, dass wir dich nicht integrieren würden.«

»Geht schon mal vor. Ich komme gleich nach«, erwiderte ich schließlich halbherzig, um sie endlich von dieser verdammten Zimmertür wegzulocken.

Ein Blick in Snows Gesicht und ich wusste genau, wie es um uns stand: beschissen. Sie hatte die eben noch weit geöffneten Schotten dichtgemacht und sich wieder in ihrem schützenden Kokon versteckt.

»Na, wenn das so ist, solltest du deine Frauen nicht länger warten lassen. Viel Spaß am Meer.«

Meine linke Hand hatte ich, wie um Halt zu finden und Snow noch eine Spur näher zu kommen, an der Wand neben dem Türrahmen abgestützt. Dabei war ich ihr so nahe, dass ich ihren Atem auf meiner Haut spüren konnte. Ruckartig wand sie sich aus meiner Umarmung und griff nun beherzter als zuvor nach dem Türgriff.

Noch ehe ich etwas sagen konnte, war sie auch schon mit dem Koffer in der Hand und dem Rucksack auf der Schulter auf und davon.

Mir blieb nichts anderes übrig, als mich mit der Situation abzufinden. Das Schicksal hatte sich wohl wieder dazu entschieden, mir das Leben schwer zu machen. Okay, du willst spielen, dann spielen wir eben.

Dennoch hätte ich mir irgendwie einen schöneren Auftakt für den Urlaub an der Côte d'Azur gewünscht. Snow in meinem Bett, so eng an mich geschmiegt, dass kein Blatt Papier mehr zwischen uns gepasst hätte, wäre wirklich ein glorreicher Anfang gewesen.

Was nicht ist, konnte aber ja noch werden. So schnell würde ich nicht aufgeben. Auch wenn sich das Schicksal mit Xanthippe und ihren Höllenschwestern verbünden würde, Snow war eine Frau, um die es sich zu kämpfen lohnte.

Blieb nur zu hoffen, dass ich mir an ihr nicht die Zähne ausbiss. Ich glitt an der Innenseite der Türe zu Boden, fuhr mir durch das wirre Haar und erwischte mich selbst dabei, wie ich mich einen Toren schalt.

Kapitel 12

»Hey, Phoebe, wo kommst du denn jetzt erst her? Wir dachten, du wärst schon vor uns gelandet.« Völlig in Gedanken versunken, schlurfte ich durch den ellenlangen Korridor im achten Stockwerk.

Hier oben musste irgendwo mein Zimmer sein. Wie in Trance lief ich an den Zimmern vorbei, ohne auf die Nummern zu sehen. Die letzten Minuten hatten mich innerlich sehr aufgewühlt und wütend gemacht.

Wütend auf mich selbst. Wie konnte ich nur so bescheuert sein und diesen innigen Wunsch hegen, mit Niklas etwas anzufangen? Mein verräterischer Körper hatte sich mit aller Sehnsucht an den Worten festgeklammert, die er mir entgegengerufen hatte, als ich bereits sein Zimmer verlassen wollte.

Sein *Bleib bei mir!* hallte noch immer durch meinen Geist und wollte gar nicht mehr verklingen. Ich hatte noch immer diesen Geruch aus frischem Männerschweiß und Moschus in der Nase.

Jedes Härchen auf meiner Haut stellte sich auf, als ich daran dachte, wie nah er mir heute gekommen war.

Viel zu nah. Das war definitiv das Dümmste, was ich seit langer Zeit beinahe getan hätte. Dagegen war der Zwischenfall am Hudson River ja schon fast amüsant. So im Nachhinein betrachtet zumindest und mit dem gebührenden

Abstand, versteht sich.

Zurück zu Niklas. Mir stieg abermals die Schamesröte ins Gesicht, als ich mich daran erinnerte, wie ich mich für einen furchtbar langen Augenblick am liebsten an seine Brust geworfen und ihn überall auf meinem Körper gespürt hätte.

Als schließlich, wie durch einen Wink des Schicksals, Stacy abermals an die Tür geklopft hatte, war mir, als hätte man mich unter eine Dusche mit eiskaltem Wasser gestellt und den Hahn voll aufgedreht.

Niklas war sicher nicht der treusorgende Ehemann, den ich für mich suchte. Wobei ich gar keinen Ehemann wollte. Ich wollte lediglich einen Mann, der treu war. Was daran war bitte schön verwerflich?

»Erde an Phoebe«, unterbrach Christopher letztlich doch meinen Gedankengang.

»Was?«, fragte ich wenig freundlich, was mir im nächsten Moment schon wieder leidtat. Denn schließlich konnten die Jungs ja nichts für meine schlechte Laune. »Schön, dass ihr da seid. Ich hab euch schon vermisst«, setzte ich also beschwichtigend nach, um mich indirekt für mein rüdes Verhalten zu entschuldigen.

»Cool.«

Ryan stand direkt neben mir und musterte mich noch immer mürrisch. Dem konnte man so leicht nichts vormachen. Während sich die drohenden Gewitterwolken über Christophers Haupt bereits verzogen hatten, schien er noch zu überlegen, was hier faul war.

»Wart ihr schon beim Hotelmanager?«, fragte ich ehrlich interessiert, wenngleich ich damit auch auf ein anderes

Thema zu sprechen kam und von mir ablenken konnte.

»Ja, waren wir. Der hat uns erzählt, dass du schon alle Unterlagen von ihm erhalten hättest. Was meint er damit?« Ryans Blicke durchbohrten mich finster, während Jim, Phoenix, Eugene, Matthew und Jason sich wegen der Zimmeraufteilung in die Haare bekommen hatten.

Da behauptete man immer, dass zu viele Frauen auf einem Haufen anstrengend wären. Wer das meinte, war noch nie längere Zeit auf engstem Raum mit sieben Kerlen unterwegs. Nur so viel: Ein Sack voller Flöhe war sicher leichter unter Kontrolle zu bringen als diese testosterongesteuerten Affen.

Nichts für ungut. Ich mochte diese sieben echt sehr gerne, nur manchmal wurden mir ihre ständigen Kabbeleien einfach zu viel.

»Ähm, er hat mir eine Auswahl an Songs gegeben, die wir morgen Abend spielen sollen.« Au Backe. Das hatte ich jetzt bei dem ganzen Gefühlswirrwarr wegen Niklas beinahe vergessen.

Wir steckten ja meterweit in der Scheiße, und ich war die Einzige, die bisher von der Katastrophe in Kenntnis gesetzt worden war.

»Was für eine Songauswahl?«, blaffte Ryan, wie nicht anders von mir erwartet.

»Lieder, die wir eben morgen zum Besten geben sollen.« Ich beeilte mich, gut Wetter zu machen.

»Wir spielen immer unsere Songs in einer routinierten Abfolge. Das war schon immer so. Daran möchte ich nichts ändern.« Tja, wenn Ryan nur wüsste. Für die Gigs hier im Hotel würde er sich nicht nur auf eine geänderte Reihenfolge einstellen müssen. Nein, er würde sich sogar auf ganz neue Songs einlassen müssen, von denen ich mit Gewissheit sagen konnte, dass er sie nicht kannte. Leider.

Denn damit wäre zumindest ein kleiner Anfang getan. So sah ich völlig schwarz, wenn es darum ging, den morgigen Tag und die folgenden Wochen zu überleben.

Wie ich Jimmy kannte, gab es sicher kein noch so kleines Schlupfloch für uns aus dieser bitteren Misere heraus. Nein, seine Verträge waren hieb- und stichfest. Wenn wir uns nicht strafbar machen wollten, mussten wir wohl oder übel in den sauren Apfel beißen und uns auf die Sache einlassen.

»Kommt, lasst uns erst mal die Zimmer aufteilen und dann besprechen wir alles Weitere genauer. In Ordnung?«, versuchte ich die Diskussion etwas zu vertagen. Ich war mittlerweile hundemüde, mein Magen hing mir bis zu den Kniekehlen und in meinem Kopf herrschte ein Kindergeburtstag. Darin war es so laut, dass ich mir vornahm, doch lieber nie selbst welche zu bekommen.

Ryan verzog noch immer keine Miene. Er hielt meinem Blick stand, bewegte sich nicht von der Stelle. Nach langem Zögern schritt er schließlich auf die Zimmer zu, die uns zur Verfügung standen, entschied, welches seines werden würde, und verzog sich dann.

Sollte mir recht sein. Dann war dieses Thema jetzt erst mal vom Tisch und ich konnte mir in Ruhe eine Aspirin und eine Attacke auf die Minibar gönnen. Ein paar Nüsschen würden da hoffentlich drin sein und eine Mütze voll Schlaf tat ja manchmal Wunder. Nicht?

***

Ohne es mir recht eingestehen zu wollen, musste ich dennoch zugeben, dass der Nachmittag am Strand bisher wirklich schön verlaufen war. Die vier Mädels beachteten mich zwar nicht weiter, aber das war mir nur recht. Ich wollte ja meine Ruhe.

Die vier gingen also ihrer Wege, während ich es mir auf der Liege bequem gemacht hatte. Mit einem Cocktail in der einen und einem guten Buch auf meinem E-Reader in der anderen Hand konnte der Tag nur fantastisch werden.

Ab und an blickte ich hinaus ins offene Meer. Seit dem Zwischenfall vor etlichen Jahren war das Wasser nicht mehr mein Element. Ich legte mich ganz gerne an den Strand, sah hinaus und genoss die Nähe zu den glitzernden Wellen. Doch wirklich baden ging ich nie.

»Hey, du Landratte, komm doch mit uns ins Wasser«, hörte ich plötzlich eine Stimme neben mir sagen. Drew hatte sich offensichtlich von den anderen getrennt, um sich etwas zu trinken zu holen.

»Lass mal gut sein, Drew. Ich fühle mich auch hier draußen pudelwohl.« Das kannte ich leider schon zur Genüge. Die meisten Leute konnten einfach nicht verstehen, dass ich es vorzog, in der Hitze zu verglühen, anstatt mich im Wasser zu erfrischen.

Aber da stand ich drüber. Meilenweit.

»Ganz, wie du willst. Ich bin dann wieder … Aua«, japste sie plötzlich auf, als hätte sie sich verletzt.

»Ist alles in Ordnung?«, fragte ich, während ich mich von

der Liege erhob und die wenigen Schritte zu ihr rüberging.

»Alles bestens. War wohl nur ein kleiner Krampf im Fuß. Ist schon wieder vorbei. Willst du nicht doch mit uns schwimmen gehen?« Ich beäugte sie skeptisch, aber anscheinend ging es ihr wirklich besser. Sie stand ohne Schmerzen vor mir, während sie mit mir redete.

»Nein, nein. Geht ihr nur. Ich bleibe hier und habe ein Auge auf eure Wertsachen. Du weißt ja, dass Tante Heather von mir erwartet, für euch zu sorgen.«

»Ach, du bist ja wirklich um keine Ausrede verlegen. Die alte Schreckschraube wird doch eh nie erfahren, was hier in Frankreich passiert.« Als ich sie nicht gleich verstand, ergänzte sie: »Na, so à la *Hangover*. Du kennst doch den Film, oder?«

»Aber sicher doch. Du meinst also, was in Cannes passiert, bleibt auch in Cannes?«

»So ist es.« Ein schelmisches Lächeln stahl sich auf ihre Lippen.

»Ganz, wie ihr meint«, erwiderte ich wenig beeindruckt. Dennoch würde ich von meinem Vorsatz nicht abweichen: Meine Badehose blieb unbenetzt vom salzigen Meerwasser. So viel war sicher.

»Bis später«, verabschiedete sie sich schließlich von mir und watete zurück ins Wasser.

Ich legte mich auf die Liege, atmete einmal tief durch und öffnete eben meinen E-Reader, als ein gellender Schrei die Ruhe durchbrach, sodass sich meine Nackenhaare aufstellten.

»Drew?«, rief ich sogleich, so laut ich konnte, als ich die

Stimme erkannte. Ich ließ alles fallen, stieß mein Cocktailglas um, das neben meiner Liege stand, und rannte zu ihr in Richtung Wasser.

Stacy, Miranda und Emily waren bereits weit ins offene Meer hinausgeschwommen. Als sie erkannten, wer da um Hilfe schrie, versuchten sie schnellstmöglich zu ihrer Freundin zu gelangen. Doch die Strömung war so stark, dass sie es kaum schafften, vom Fleck zu kommen.

Ich rannte wie von der Tarantel gestochen an den Liegen und den Sonnenschirmen vorbei, warf dabei wahllos Dinge um und erntete den Ärger der anderen Badegäste. Das war mir in dem Moment allerdings völlig egal.

Horrorszenarien spielten sich vor meinem geistigen Auge ab. Ein Film hatte sich in meinem Kopf in Gang gesetzt, der mich an den schwärzesten Tag meines Lebens erinnerte.

Drews Hände waren noch zu sehen, ihr Kopf glitt immer wieder unter Wasser. Nach Hilfe schrie sie schon nicht mehr, da ihr offensichtlich die Kraft fehlte.

»Halte durch!«, rief ich schließlich, nachdem ich den ersten Schock überwunden hatte. Das Adrenalin flutete meine Blutbahnen und berauschte mich dermaßen, dass ich gar nicht weiter darüber nachdachte, was zu tun war.

Ich rannte weiter ins Wasser, bis ich nicht mehr laufen konnte. Dann warf ich mich in die Fluten und schwamm zu Drew.

Ich war schon eine verdammt lange Zeit nicht mehr geschwommen. Umso erleichterter stellte ich fest, dass ich es wohl nicht verlernt hatte. Ich kraulte, holte seitlich Luft und steuerte auf den Punkt zu, an dem ich Drews eine Hand noch sehen konnte.

Wenn ich mich nicht beeilte, würde sie wie ein Stein untergehen und … Nein, das durfte nicht passieren. Ich legte noch einen Zahn zu, hörte dabei die Wehklagen der drei Freundinnen aus der Ferne und hoffte inständig, ich würde nicht zu spät kommen.

Nur noch wenige Meter trennten mich von ihr. »Drew, wo bist du?«, schrie ich, als ich sie nicht mehr sehen konnte. Verdammt! Sie war untergegangen. In mir kam Panik auf. Die Bilder von damals vermischten sich mit denen von heute.

Ich spürte, wie ich immer weniger Luft bekam. *»Du wirst jetzt nicht die Nerven verlieren, alter Junge!«*, hörte ich meine innere Stimme besänftigend sagen. Ich hielt kurz in der Bewegung inne und atmete tief durch, ehe ich mich erneut in die Fluten warf und unter die Wasseroberfläche tauchte.

Stacy schrie dermaßen hysterisch, dass ich sie sogar noch unter Wasser hören konnte. Mein Herz schlug mir bis zum Hals, als ich unter Wasser nicht gleich richtig sehen konnte.

Ich drehte mich im Kreis, verlor dabei beinahe die Orientierung und erblickte Drew dennoch nicht. Panisch wandt ich mich nach allen Richtungen, während ich dem Impuls widerstand, an die Oberfläche zu schwimmen, um erneut Luft zu holen.

Da! Das war sie doch, oder? Ich hatte weder die Zeit noch die Kraft, lange abzuwägen, also schwamm ich einfach los. Tausend Gedanken kreisten in meinem Kopf. Immer wieder flackerte das Gesicht meiner toten Schwester darin auf.

Endlich erreichte ich Drew, die mit geschlossenen Augen

dem Meeresboden bedrohlich näher kam. Ich umschloss schließlich von hinten ihre Schultern und zog sie mit nach oben.

Die tänzelnden Sonnenstrahlen schimmerten golden auf der Wasseroberfläche. Ich steuerte auf sie zu, wischte all die Bilder meiner Vergangenheit beiseite und hielt weiter auf das Ziel zu.

Oben angelangt, holte ich tief Luft. Der Sauerstoffmangel war mir bereits zu Kopf gestiegen. Ich unterdrückte den Impuls zu husten und versuchte gleichmäßig weiterzuatmen.

Es gelang mir schließlich, die Kontrolle über meinen Körper zu bekommen. Stacy erschien wie aus dem Nichts plötzlich neben mir und half mir, Drew an Land zu bringen. Dort hatten sich ein paar Schaulustige positioniert, die uns kaum Platz ließen, Drew auf den Strand zu legen.

»Haut ab!«, schrie ich wütend in ihre Richtung. Sie zuckten erschrocken zusammen, verharrten jedoch an Ort und Stelle. Wie konnten diese Idioten nur so tatenlos dabeistehen, während ein Mensch um sein Leben kämpfte?

Doch ich schenkte diesen Gaffern keine weitere Beachtung, schmiss mich zu Drew auf den Boden und versuchte sie mit Stacy wiederzubeleben. Ihr Gesicht war schon ganz blau. Ich unterdrückte die abermals aufkeimende Panik in mir und konzentrierte mich auf das, was zu tun war.

Während ich das Herz massierte, beatmete Stacy sie. Nach einer gefühlten Ewigkeit, in der ich bereits die Hoffnung schwinden sah, begann Drew zu husten. Schwallartig spuckte sie das Wasser in ihren Lugen aus. Wir halfen ihr, sich auf die Seite zu drehen. So war es besser.

Endlich kamen auch die Rettungssanitäter, die Miranda vor einer gefühlten Ewigkeit gerufen hatte. Wo war eigentlich dieser verdammte Bademeister gewesen, wenn man ihn mal brauchte? Ich ließ mich auf den Boden fallen, als ich sah, dass Drew auf dem Weg der Besserung war und sich die Sanitäter um sie kümmerten.

Stacy saß dicht bei mir, wippte mit den Beinen hin und her. Miranda und Emily eilten nun auf uns zu. Ein kaum hörbares Schluchzen setzte ein. Das Adrenalin war nun dem Schock gewichen.

Ich atmete tief durch, schloss für einen Moment die Augen, ehe ich mich wieder hinsetzte und Stacy, die nun bitterlich weinte, an meine Brust zog. »Hey, es wird alles gut. Hörst du? Wir haben es geschafft. Drew ist in Sicherheit. Ihr wird nichts mehr passieren«, versuchte ich sie zu beruhigen und merkte, wie auch mich die Worte runterholten.

Drew würde nicht am Rand des Swimmingpools liegen, während der Rettungssanitäter alles tat, um ihr kleines Herz wieder zum Schlagen zu bringen. Er würde ihr nicht die Rippe brechen, so wie es damals bei meiner Schwester geschehen war. Ich konnte dieses berstende Knacken noch immer hören.

Ein Schauer überkam mich, als ich nun auch meine Mutter im Geiste sagen hörte: *»Lilly, wach doch auf! Bitte verlass mich nicht!«*

Tränen rannen mir über die Wangen. Doch ich spürte es nicht mal richtig. Miranda und Emily kamen zu uns, umschlossen uns ebenfalls.

»Entschuldigen Sie bitte!«, ertönte hinter uns eine Stimme.

»Wir haben Ihre Freundin so weit stabilisiert, würden sie aber dennoch gerne mit in die Klinik nehmen. Könnte einer von Ihnen sie begleiten?«

»Ich komme mit«, erwiderte Stacy gefasst, während sie sich aus meiner Umarmung löste. Verlegen wischte ich mir über die nassen Wangen und versuchte wieder auf die Beine zu kommen – nicht nur im übertragenen Sinne.

Wie in Trance blickte ich rüber zu Drew, die auf eine der Liegen am Strand gelegt worden war. Sie trank eben ein Glas Wasser und bekam allmählich wieder Farbe ins Gesicht.

Nur zaghaft erwachte ich wie aus einem Dämmerschlaf. Die Stimmen um mich herum hallten merkwürdig in meinem Kopf wider. Alles um mich herum begann sich nun plötzlich zu drehen. Ich verlor das Gleichgewicht und wäre sicher hingefallen, wenn mir Miranda nicht zu Hilfe geeilt wäre.

»Komm! Ich bringe dich in den Schatten. Du musst dringend etwas trinken und etwas Zucker zu dir nehmen. Dein Kreislauf droht wegen der Anstrengung zu versagen.« Dabei manövrierte sie mich zu einer Liege gleich neben Drew.

Mit wackligen Beinen legte ich mich hin und schloss für einen Moment die Augen. So war es besser. Die Schwärze, die sich wie ein Schleier vor meine Augen gelegt hatte, wich allmählich und ließ das Sonnenlicht wieder hindurch.

»Danke dir«, röchelte Drew neben mir. Ihre Stimme klang belegt. Sicher eine Nachwehe des vielen Wassers, das sie geschluckt hatte.

»Ist schon gut«, erwiderte ich gelassener, als es in mir aussah. Das Wichtigste war, dass wir sie hatten retten können. Alles andere verlor daneben an Bedeutung.

»Ich hätte nicht hinausschwimmen sollen. Dieser Krampf hat meinen Fuß … Ich konnte nicht mehr …« Und dann begann sie so bitterlich zu weinen, dass ich mich zu ihr rüber auf die Liege setzte und sie in den Arm nahm.

»Hey … schschsch. Es wird alles wieder gut. Hörst du?« Ich spürte bereits, wie mir abermals die Tränen in die Augen schossen.

»Ich wäre beinahe gestorben und hätte Brian und meine Kinder nie wiedergesehen. Ich …« Abermals brach ihre Stimme, während sie sich fest an mich krallte.

Unweigerlich musste ich an ihre Familie denken. Wie wäre es gewesen, wenn wir ihnen von Drews Tod hätten erzählen müssen? Wäre es so wie damals bei uns gewesen, als der Sanitäter die Herzmassage einstellte und den Kopf schüttelte?

Ich wischte die trüben Gedanken beiseite. Innerlich verfluchte ich Tante Heather und die Männer, mich mit den Frauen auf diese Reise geschickt zu haben.

Alles war ganz deutlich greifbar. Ich hatte wieder den Geruch des Barbecues in der Nase, erinnerte mich genau daran, wie meine Füße auf dem heißen Pflasterboden schmerzten und ich mich dennoch nicht in den Schatten stellen konnte. Wie in Trance blickte ich zu meiner Schwester, die auf dem Boden lag und um ihr Leben kämpfte.

Und ich trug die Schuld dafür, dass sie umgekommen war. Man hatte mir, ihrem größeren Bruder, die Aufsicht über sie anvertraut, da Dad mit dem Barbecue beschäftigt war und

Mom in der Küche noch einiges vorbereiten wollte, ehe die Gäste kamen.

Mir war es zuwider, mich um meine kleine, nervige Schwester zu kümmern; ich wollte viel lieber Basketball spielen … Als ich schließlich zum Pool zurückkam, trieb ihr lebloser Körper an der Wasseroberfläche. Alle Bemühungen, sie zu retten, kamen zu spät. Sie war tot. Und ich war schuld.

Seither wollte ich keine Verantwortung mehr übernehmen. Für niemanden.

Heute war ich dennoch gezwungen gewesen, zu handeln. Und wider Erwarten war es mir gut geglückt. Ich hatte Drew das Leben gerettet, ihrer Familie ein ähnlich furchtbares Schicksal wie das der meinen erspart.

»Wir würden dann gerne in die Klinik fahren«, ertönte die Stimme des Rettungssanitäters hinter mir.

Drew löste sich vorsichtig von mir, sah mich aus blutunterlaufenen Augen an. »Niklas, ich werde dir das nie vergessen. Du hast mir das Leben gerettet, du bist mein Held.« Dann küsste sie mich auf die Wange, nahm mich fest in den Arm und ging dann mit dem Sanitäter zum Wagen.

Ich, ein Held? Nein, ich war doch nur Niklas, der rastlose Mann, der lieber wieder das Weite suchte, ehe es ernst wurde, der keine Verantwortung übernehmen konnte, weil ihn diese Bürde wie eine zentnerschwere Last zu erdrücken drohte. Aber ein Held?

Kapitel 13

Tja, nun stand er unmittelbar bevor: unser erster Auftritt. Ich wischte mir über die schweißnasse Stirn und betete, wie vor jedem Gig, dass alles gut gehen möge.

Nach Ryans Tobsuchtsanfall – nein, meine beschwichtigenden Worte hatten leider keinerlei Wirkung bei ihm gezeigt – waren wir gleich dazu übergegangen, die Songs einzustudieren.

Wider Erwarten war uns das ganz gut geglückt, da Eugene ein paar Brocken Französisch sprach und ich merkte, dass man viele der Passagen auch nur in diesem Singsang performen musste, der den Franzosen so eigen war.

Viele der Worte verstand man gar nicht richtig. Da würden meine fehlenden Sprachkenntnisse hoffentlich nicht auffallen.

»Kann's losgehen?«, fragte Christopher, der bereits hinter dem Vorhang in Position gegangen war.

Der hatte es gut. Der konnte sich hinter seinem Schlagzeug verstecken. Ihm würde man nicht anmerken, dass er wie Espenlaub zitterte. Bei mir sah das leider ganz anders aus. Dummerweise musste ich während des Auftritts ein Mikrofon in der Hand halten und immer freundlich lächeln.

Wie sollte ich das nur überstehen?

Ein flaues Gefühl setzte sich in meinem Magen fest und ließ mich kaum richtig atmen. Ich ging in Gedanken noch einmal die einzelnen Passagen durch und wurde panisch, als mir die nächste Liedzeile einfach nicht einfallen wollte.

In mir keimte wieder der Ärger über Jimmy auf. Wir hatten ihn gemeinsam angerufen und versucht, ihm die Leviten zu lesen. Doch der ließ sich davon überhaupt nicht beeindrucken. Es war ihm ziemlich egal, in was für eine missliche Lage er uns da gebracht hatte.

Als er uns dann auch noch auslachte, war Ryan der Kragen geplatzt, und er hatte ihm wirklich unschöne Dinge um die Ohren geworfen, die ich an dieser Stelle lieber nicht erwähnen möchte.

Außerdem war ich ein kleines bisschen auf Niklas sauer. Eigentlich hatte er mir ja angeboten, mit mir die Lieder einzustudieren. Als ich ihn gestern Abend auf seinem Zimmer aufgesucht hatte, weil ich die Sehnsucht nach ihm nicht länger unterdrücken konnte, schickte er mich, ohne mir einen Grund zu nennen, einfach weg.

Nicht einmal die Tür hatte er mir geöffnet. Ich hätte wütend auf ihn sein müssen, aber seine Stimme hatte traurig geklungen. Weiblichen Besuch hatte er nicht gehabt. Da war ich mir ziemlich sicher. Was war es nur gewesen, das ihn so trübsinnig gestimmt hatte?

»Phoebe?« Christopher riss mich aus meinen Gedanken.

»Was? Oh … ja. Ich komme.« Ich atmete einmal tief durch, ehe ich mich hinter dem Mikrofonständer aufbaute.

Der Hotelmanager Monsieur Mercier begrüßte die Gäste eben noch zu dem Chansonabend im Carlton. Zumindest nahm ich das an. Leider war ich der Sprache ja nicht mächtig.

Kurze Zeit später wiederholte er seinen Text erneut auf Englisch und dieses Mal verstand ich jedes Wort. Leider. Denn er kündigte uns wie eine Gruppe von Musikern an, die ihr ganzes Leben nichts anderes getan hatte, als französische Chansons zu singen.

Der dicke Kloß in meinem Hals wollte sich einfach nicht runterschlucken lassen, während sich meine Kehle staubtrocken anfühlte. Ich blickte mich entsetzt zu meinen Bandkollegen um, denen, genau wie mir, die Ankündigung nicht behagte.

Als der Vorhang schließlich gelüftet wurde, betete ich für ein Wunder. Einen Meteoriteneinschlag oder die Landung von kleinen grünen Marsmenschen. Irgendetwas, was diesen furchtbaren Abend enden ließ, noch ehe er begonnen hatte.

»Heißen Sie mit mir gemeinsam mit einem tosenden Applaus die Band willkommen, die Ihnen unter Garantie ein paar wundervolle Stunden bescheren wird«, hörte ich ihn jetzt sagen, während ich es endlich geschafft hatte, gegen den Kloß in meinem Hals anzukommen.

Mein Herz schlug mir bis zum Hals, als ich in die erwartungsvollen Gesichter der Gäste blickte. Christopher und die Jungs begannen zu spielen und ich verpasste doch prompt meinen Einsatz. Mist!

Mein Blick streifte unkoordiniert durch den Saal, in der Hoffnung, etwas zu finden, woran ich mich, bildlich gesprochen, festhalten konnte. Doch da war nichts.

Der tief in den Raum hinab reichende Kronleuchter funkelte im Licht in den schillerndsten Farben und doch wirkte er keinesfalls tröstlich auf mich. Ganz im Gegenteil.

Mein gehetzter Blick hielt plötzlich inne, als ich jemanden in der dritten Stuhlreihe erkannte. Christopher hinter mir sprach ganz leise zu mir: »Phoebe, wir wiederholen den Anfang gleich noch mal. Ich gebe dir ein Zeichen, wenn dein Einsatz kommt.«

Seine Stimme klang ruhig und gelassen. Mir war plötzlich so furchtbar heiß, während ich mich abermals auf die Suche nach dem Augenpaar in der dritten Reihe machte. Da war er.

Keine fünf Meter von mir entfernt saß Niklas umringt von seiner Frauenhorde und hatte doch nur Augen für mich. Wie gebannt starrte ich ihn an, unfähig, mich von ihm loszureißen.

Kaum merklich nickte er mir zu, während ein zaghaftes Lächeln auf seinen Lippen zutage trat.

Und da war es wieder: Dieses Kribbeln in meinem Bauch, das mich schier um den Verstand brachte. Doch anstatt fliehen zu wollen, hegte ich nun den innigen Wunsch, ihn mit meiner Stimme zu verzaubern.

Ich war nicht eingebildet, doch man hatte mir schon des Öfteren gesagt, wie einnehmend der Klang meiner Stimme wäre. Vielleicht war das ja eine Möglichkeit, Niklas, den Sirenen aus der griechischen Dichtung des Homer gleich, an mich zu binden?

Auf einen Versuch wollte ich es ankommen lassen.

»Jetzt«, zischte Christopher. In mir legte sich ein Starkstromschalter um, der bis in die entlegensten Winkel meines Körpers Adrenalin pumpte. Und ich begann tatsächlich zu singen.

Ich öffnete meinen Mund und hoffte inständig, dass das,

was diesen gleich verlassen würde, auf Niklas' Zustimmung traf. Wobei ich mir kaum vorstellen konnte, dass ihn diese Art von Musik auch nur annähernd interessierte.

Sicher war er nur gekommen, weil ihn sein Harem dazu gezwungen hatte. Ja, so musste es sein. Wieso sollte er sich sonst so einen verstaubten Chansonabend antun, wenn er doch auch auf die Piste gehen und in der Disco abfeiern konnte?

Die ersten Töne zu Edit Piafs *Hymne à l'amour* waren geschafft. Langsam verlor ich allerdings den Mut. Auf Niklas' Stirn hatte sich eine tiefe Furche gebildet, sein Blick musterte mich, drang förmlich in mich ein.

Nur schweren Herzens widerstand ich dem Wunsch, meine Beine in die Hand zu nehmen und die Bühne so schnell ich konnte zu verlassen. Doch dann, als ich weitersang und bereits glaubte, Niklas fände meine Darbietung, gelinde gesagt, zum Kotzen, erblickte ich etwas in seinen Augen.

Konnte es denn wirklich sein oder bildete ich es mir nur ein? Hatte er sich gerade eine Träne weggewischt? Meinetwegen? Rührte ich ihn etwa zu Tränen? Ungläubig starrte ich ihn an, während ich mich ungewohnt textsicher gab.

Das erste Lied verklang. Mit der letzten Note setzte ein ohrenbetäubender Applaus ein, mit dem ich in dieser Form nie gerechnet hätte. Einzelne Zuschauer standen sogar auf. Ein zentnerschwerer Stein fiel mir vom Herzen, als ich in all die zufriedenen Gesichter blickte. Vielleicht wirkte mein amerikanischer Akzent auf seine Weise ja viel charmanter, als ich gedacht hatte. Wer weiß?

Sogar Monsieur Mercier rang sich zu einem Lächeln durch, während er an der Seite aufmerksam das rege Treiben in seinem Saal beäugte.

Auch Niklas war aufgestanden und klatschte, was das Zeug hielt.

Die Anspannung der letzten Tage wich allmählich von mir. Ich blickte zuversichtlich auf die weiteren Lieder und wurde nicht enttäuscht. Auch diese gingen mir gut von der Hand, ehe wir uns schließlich nach dreißig Minuten zu einer kurzen Pause zurückzogen.

»Wow, du hast dich selbst übertroffen«, hörte ich hinter mir jemanden sagen.

Ich drehte mich langsam zu Niklas um, während mein Herz aus meinem Brustkorb zu hüpfen drohte – so aufgeregt war ich.

»Hey, Niklas. Haben dir deine Frauen erlaubt, mit mir zu sprechen?« Ich konnte es einfach nicht lassen. Etwas in mir forderte mich immer wieder auf, ihn zu necken. Das Lächeln, das sich auf seine Lippen stahl, zeigte mir, dass es ihm genauso ging.

»Na, es ist mir nicht sonderlich leichtgefallen, mich von meinem Harem zu trennen, aber für dich mache ich natürlich gerne eine Ausnahme.« Dabei schritt er die wenigen Meter auf mich zu, die uns noch voneinander trennten.

Plötzlich war er mir so nah, dass mir das Atmen merklich schwerer fiel. Mein Kopf begann sich heftig zu drehen, als hätte darin eine Achterbahn ihre neue Heimat gefunden. Sicher war dies dem Umstand geschuldet, dass ich seit Tagen nicht geschlafen, kaum gegessen und nur wenig Ruhe gefunden hatte.

Niklas schob ohne Vorwarnung seinen Zeigefinger unter mein Kinn und hob es so weit an, dass ich ihm in die Augen schauen musste. Das Kribbeln in meinem Bauch war kaum mehr zu ertragen, während mein Gleichgewichtssinn völlig ausgehebelt schien.

»Du hast eine unglaublich schöne Stimme, liebe Phoebe.« Ehe er weitersprach, sah er mir noch eine Spur tiefer in die Augen. Seine Lippen näherten sich dabei immer weiter den meinen.

»Danke«, erwiderte ich leise, während ich bereits Probleme hatte, mich auf ihn zu fokussieren. Alles begann sich immer schneller zu drehen.

Ein kalter Schauer fuhr mir über den Rücken; es fröstelte mich regelrecht. Was war nur mit mir los?

»Noch fünf Minuten«, tönte Ryan mit dieser Grabesstimme, die Wasser zu Eis erstarren ließ.

Niklas nahm sich die unterschwellige Botschaft offensichtlich zu Herzen. Denn kaum hatte Ryan geendet, wich er ein paar Schritte von mir zurück. Leider! Gerade jetzt hätte ich ihn gut zum Anlehnen gebraucht.

Ich wurde einfach nicht mehr Herr der Lage. Egal, was ich tat: Alles um mich herum schwankte fürchterlich, und mir wurde regelrecht schlecht dabei, als ich versuchte, einen Punkt zu fixieren, um das Karussell in meinem Kopf endlich in den Griff zu bekommen.

Nun schien auch Niklas zu bemerken, dass etwas mit mir nicht stimmte.

»Phoebe, ist dir nicht gut?« Als ich nicht gleich antwortete, sprach er weiter: »Es gibt überhaupt keinen Grund, aufgeregt zu sein. Deine Stimme ist in der Lage, widerborstige Großtanten handzahm zu machen.« Als ich ihn daraufhin skeptisch von der Seite ansah, wich er aus: »Nicht weiter der Rede wert.«

Ich rang mir ein »Hey, es ist schon alles nicht so schlimm, wie es gerade aussieht«-Lächeln ab und wollte mich eben von Niklas verabschieden, als bei mir völlig unerwartet die Lichter ausgingen. Einfach so! Zack!

***

Das war knapp. Im wirklich allerletzten Augenblick hatte ich Phoebe noch zu fassen bekommen, bevor sie der Länge nach zu Boden fiel und beinahe auf demselben hart aufgeschlagen wäre.

Was fehlte ihr denn nur? Panisch tätschelte ich ihre Wangen, während ich mit zittrigen Händen kontrollierte, ob sie noch atmete.

»Hey, was machst du da?« Wie aus dem Nichts war der Kerl von eben neben mir aufgetaucht.

»Sie ist umgekippt. Ihr Kreislauf muss …«, versuchte ich die Situation zu erklären.

Hinter der Bühne herrschte nun reges Treiben, als auf einen Wink des Typen hin auch die anderen Bandmitglieder zu ihrer Leadsängerin eilten.

»Was ist hier los?«, keifte mich der Nächste ungehalten an.

Noch immer hielt ich Snows Kopf auf meinen Schoß gebettet. Reihum blickte ich nun in sieben Gesichter – eines finsterer als das andere.

»Hey, jetzt beruhigt euch alle erst mal wieder. Sno… ich meine Phoebe hatte einen Schwächeanfall oder so was. Ich habe ihr sicher nichts getan. Im Gegenteil, ich habe sie lediglich aufgefangen, als sie hinfiel.«

»Und das sollen wir dir jetzt glauben, hm? Wer bist du überhaupt?«

Langsam wurde es mir echt zu blöd. »Ich bin vom FBI und soll euch wegen dem Gig in Denver auf den Zahn fühlen«, log ich schließlich, da mich der Kindergarten hier echt auf die Palme brachte.

»Echt jetzt?«, fragte der Kleinste aus der Runde, während ihm der finstere Typ von vorhin wenig zimperlich in die Seite boxte.

»Wo bin ich? Was ist passiert?« Snow schlug die Augen auf und sah irritiert hin und her.

»Du hattest einen Kreislaufkollaps. Sicher sind dir das heiße Wetter und der Jetlag nicht gut bekommen. Holt mal einer ein Glas Wasser?«, rief ich keinem Bestimmten zu und würdigte sie auch keines Blickes. Daraufhin trollten sich alle bis auf den Griesgrämigen von vorhin – der blieb und ließ uns nicht aus den Augen.

Meine volle Aufmerksamkeit galt Snow, die noch eine Spur bleicher im Gesicht erschien als vorher. Mühsam rappelte sie sich auf.

»Bleib ruhig noch etwas liegen, bis sich dein Kreislauf wieder stabilisiert hat.« Ich war ehrlich um ihre Gesundheit besorgt.

»Schon klar. Es gefällt dir wohl, dass ich da so auf deinem Schoß liege, oder? Du bist echt unersättlich. Reichen dir deine vier Weiber denn nicht?« Eben hatte sie noch so zerbrechlich wie eine Porzellanpuppe dagelegen, und kaum hatte sie ihre Sprache wiedergefunden, schoss sie schon wieder verbal wild um sich. Ein Prachtweib!

Ich konnte mir ein Grinsen nicht verkneifen. Ihre neckische Art und ihr starker Wille ergaben eine spannende Mischung. Es imponierte mir, wie stark sie war, obwohl sie so schwach aussah. Die schmalen Schultern hingen noch etwas schlaff herunter, doch sonst schien ihr nichts weiter zu fehlen.

»Es geht schon wieder. Schau mich nicht so mitleidig an. Das kann ich gar nicht leiden.«

Und in diesem Augenblick wurden mir plötzlich zwei Dinge ganz klar: Verantwortung übernehmen heißt nicht zwangsläufig, sich auf Schritt und Tritt um eine andere Person zu kümmern. Nein, vielmehr galt es, da zu sein, wenn man gebraucht wurde. Nicht die ständige Sorge stand dabei im Vordergrund, sondern der Wille, füreinander einzustehen.

Und zweitens: Ohne Phoebe wollte ich nicht mehr sein.

»Was ist jetzt? Hilfst du mir auf oder soll ich dich erst darum bitten?«

»Ach, ich will mal nicht so sein«, flachste ich nun zurück.

Das Funkeln in ihren Augen war wieder ungebrochen. Etwas Farbe war in ihr Gesicht zurückgekehrt. Es ging eindeutig bergauf mit ihr.

Als ich sie schließlich auf die Beine zog, konnte ich nicht

anders und küsste sie mit all der Leidenschaft, die sich in mir angestaut hatte. Ihre Lippen fühlten sich so weich und vertraut an.

Wie ein Ertrinkender klammerte ich mich fest an sie, vergrub meine Hände in ihrem langen schwarzen Haar und sog ihren Duft in meine Nase. So musste sich das Paradies anfühlen. Endlich war ich angekommen.

Für einen kurzen Moment schien Snow überrumpelt, doch dann ließ sie sich in meine Arme fallen und küsste mich ebenso sehnsüchtig. An den Griesgram, der noch immer neben uns stand und uns sicher im Auge behielt, dachte ich in diesem Moment nicht.

»Die Show geht weiter.« Als er uns mit diesem bissigen Unterton in der Stimme von der Seite anfuhr, ließen wir schweren Herzens voneinander ab.

Während sich die anderen Bandmitglieder auf der Bühne in Position brachten, sah mich Phoebe etwas verlegen an.

»Die vier Frauen, mit denen du verreist, sind das … also, bist du wirklich nicht mit denen …?«

»Ob ich mit denen schlafe, willst du wissen?«

Ihr zaghaftes Nicken, gepaart mit den leicht geröteten Wangen – einfach zum Anbeißen, wie sie da so vor mir stand. Am liebsten hätte ich sie wieder in meine Umarmung gezogen, doch hinter mir begannen die Jungs bereits mit den Hufen zu scharren.

»Bist du später auf deinem Zimmer?«, fragte Snow zaghaft, während sie all ihren Mut zusammennahm und mir in die Augen blickte.

Bei ihren Worten machte mein Herz einen riesengroßen

Sprung, während die freigesetzten Endorphine in meinem Körper in jeden noch so entlegenen Winkel meines Körpers vordrangen. Konnte es denn wirklich wahr sein? Würde sie später zu mir kommen und …?

»Niklas? Hörst du mir überhaupt zu?«

»Hm? Oh, ja, ich werde da sein.«

»Fein. Vielleicht komme ich dich mal besuchen.«

Damit wandte sie sich von mir ab und ging zurück auf die Bühne. Ein Zucken umspielte meine Lippen und schließlich verzogen sich meine Mundwinkel nach oben. Voller Vorfreude blickte ich auf die kommenden Stunden.

Als ich mich zurück in den Zuschauerraum begab, saßen schon die meisten Gäste wieder auf ihren Plätzen.

»Wo warst du?«, zischte mir Stacy gewohnt wissbegierig zu, während ich mir das Grinsen noch immer nicht verkneifen konnte.

Ein Gentleman genoss und schwieg.

»Schau, Stacy, es geht weiter. Wir sollten uns später unterhalten«, gab ich mich reserviert. Das war ganz sicher nicht das, was sie hören wollte. Doch das war mir in diesem Moment völlig egal.

Kapitel 14

Kurz vor Mitternacht klopfte es leise an meiner Tür. Für einen Moment glaubte ich fast, meine Sinne hätten mich getäuscht. Da erklang es wieder. Ein leises »Niklas, bist du da?« war zu hören, das mir bestätigte, dass ich mich nicht verhört hatte.

Behände schwang ich mich aus den Federn. Mit Snow hatte ich um diese Uhrzeit wirklich nicht mehr gerechnet. Schließlich hatte der Auftritt bereits vor gut zwei Stunden geendet.

Wie ein aufgescheuchter Löwe an den Gitterstäben seines Geheges auf und ab läuft, war ich durch das schätzungsweise zwanzig Quadratmeter große Zimmer spaziert und hatte auf jeden Laut gehört. War da nicht ein Klopfen zu hören?

Mindestens zehn Mal war ich an die Tür geeilt, um hinauszusehen, ob Snow davorstand und um Einlass bat. Doch ein ums andere Mal wurde ich enttäuscht. Da war niemand.

So hatte ich mich schließlich dazu entschlossen, mich hinzulegen und nicht weiter auf sie zu warten. Vielleicht war ihr etwas oder viel schlimmer *jemand* dazwischengekommen?

In mir regte sich ungewollt ein Gefühl, das ich bei mir nicht vermutet hätte: Eifersucht. Während ich abermals an die weiße Zimmerdecke starrte, malte ich mir all die Horrorszenarien aus, die Snow in den Armen eines ihrer

Bandmitglieder zeigten.

Kaum hatte ich die eine Fantasie abgeschüttelt, hatte sich die nächste vorgedrängelt und mir das Leben schwer gemacht. An Schlaf war mal wieder nicht zu denken. Diese Frau war noch mein Untergang.

»Niklas?« Das Klopfen wurde lauter. »Schläfst du schon?« Bildete ich es mir nur ein oder schwang da in ihrer Frage eine Spur Enttäuschung mit? Enttäuschung worüber? Dass ich nicht da war, um was mit mir zu machen?

An der Tür hielt ich einen kurzen Moment inne. Wenn ich sie jetzt öffnen würde und Snow zu mir eintrat, dann gab es keinen Weg zurück. War ich mir über die Konsequenzen daraus überhaupt im Klaren?

Diese Frau hatte mich allein durch ihren Charakter und ihre Ausstrahlung schon völlig in ihren Bann gezogen. Wenn ich jetzt mit ihr schlief, dann überließe ich ihr nicht nur mein Herz, sondern auch meine Seele.

Ich haderte mit mir, überlegte hin und her. Doch die Antwort auf meine Frage war nicht mit meinem Verstand zu finden. Mein Herz sang schon seit unserem ersten Zusammentreffen diese Melodie, die es glücklich stimmte. So glücklich, wie ich seit langer Zeit nicht mehr gewesen war.

Nein, auch wenn ich wollte: Ich konnte mich dieser Versuchung nicht erwehren. Snow und ich, das war mehr, als mir im Moment bewusst war. Das spürte ich ganz deutlich. Wenn ich jetzt den Schwanz einzog, dann würde ich es bereuen. Da war ich mir ganz sicher.

Mit einem allessagenden »Hey« öffnete ich schließlich die Tür und musste schwer schlucken. Snow trug noch immer ihr kurzes weißes Kleid, das mich schon bei ihrem Auftritt völlig um den Verstand gebracht hatte.

Es endete nur knapp unterhalb ihres Pos und war im oberen Drittel hauteng. Ihre Brust quoll beinahe aus dem Stoff hervor. Ich hatte große Mühe, meinen Blick von diesen zwei prachtvollen Exemplaren abzuwenden und mich darauf zu konzentrieren, Snow ins Zimmer zu bitten.

Meine Boxershorts lagen eng an. Weiter trug ich nichts. Sicher hatte Snow bereits gesehen, was sie für eine Wirkung auf mich hatte. Aber ich konnte einfach nichts dagegen tun. Nicht mal, als ich in Gedanken Tante Heathers endlos langweiligen Bericht über die Frauen aus ihrem Häkeltreff zu rekonstruieren versuchte, gelang es mir, meinen offensichtlichen Erregungszustand zu minimieren.

Während sie an mir vorbei in das Zimmer schritt, streifte sie wie beiläufig mein bestes Stück. Der Stich, der mich daraufhin durchfuhr, brachte mich zum Frösteln. Noch ehe sie vollends an mir vorbeilaufen konnte, packte ich sie und drehte sie zu mir um.

Ich konnte keinen Augenblick länger ruhig dastehen, während sie in meiner Nähe war. Das Feuer in ihren Augen bestätigte mir, dass es ihr nicht anders ging. Die ockerfarbenen Sprenkel in ihrer Iris ließen ihre Augen wie Katzenaugen in der Nacht leuchten.

»Küss mich!«, raunte sie mir schließlich zu, als ich noch immer nicht gewagt hatte, meinen Blick von ihr zu nehmen.

Das ließ ich mir nicht zweimal sagen. Mit dem Fuß schloss ich die Tür, während meine Hände sich unter ihr Kleid auf ihren Hintern legten. Mein prüfender Blick glitt über ihr

Gesicht. Doch darin war keine Abwehr zu erkennen: Sie wollte es auch.

Mit wild schlagendem Herzen presste ich meine Lippen auf ihre und verabschiedete meinen Verstand in die Nachtruhe. Den Rest würden wir auch gut ohne den treuen Ratgeber und miesepetrigen Tourvermassler schaffen.

So vorsichtig und züchtig, wie mich Snow vorhin hinter der Bühne geküsst hatte, so leidenschaftlich und erregt ließ sie nun ihre Zunge zwischen meine Lippen gleiten. Ein befreiter Seufzer verließ meine Kehle, als sich ihre Zunge mit meiner vereinte.

Wir sprachen nicht darüber, was nun kommen würde. Wozu auch? Es war für uns beide offensichtlich, dass wir uns von dem jeweils anderen einfach nicht fernhalten konnten. Die sexuelle Anziehungskraft zwischen uns war so stark, dass sie mir beinahe Angst machte.

Während wir uns immer stürmischer küssten und meine Hände dabei auf ihrem Körper auf Wanderschaft gingen, glitt mein Finger schließlich auch zwischen ihre Beine. Als ich den String wenig zimperlich zur Seite zog und ihre empfindlichste Stelle berührte, wölbte sie mir ihr Becken entgegen und ließ ihren Kopf mit einem genüsslichen Aufschrei in den Nacken fallen.

So unbefangen hatte ich sie noch nie erlebt. Es schien fast so, als würde sie von innen her immer mehr zu leuchten anfangen.

»Gefällt dir das?« Ich wusste, dass es ihr gefiel. Ihr ganzer Körper bestätigte mir, wie sehr ich sie anturnte. Und dennoch – ich wollte es von ihr hören. Nein, ich musste.

Ihr erregtes »Ja. Hör bloß nicht auf« spornte mich weiter an und ließ abermals eine Dosis Endorphine in meinen Blutkreislauf sickern.

Ich suchte die sensible Stelle unterhalb ihres Ohrläppchens und küsste sie, während mein Dreitagebart darüber strich. Ein Zucken durchfuhr Snows Körper, der mich weiter berauschte. Gott, wie ich diese Frau wollte. Ich musste jeden Millimeter ihres Körpers spüren, ihn berühren. Wenn ich es nicht tat, hatte ich das Gefühl, verglühen zu müssen.

Als ich bemerkte, dass ihre Beine zu zittern begannen, hob ich sie, die leicht wie eine Feder war, auf mein Bett, während ich selbst danebenstand und sie für einen Augenblick einfach nur ansehen musste.

»Komm zu mir. Ich brauche dich jetzt.« Snow streckte ihre Hand nach mir aus und lockte mich in ihre Arme.

Langsam wie ein Raubtier glitt ich über sie, streifte ihr mit den Händen die Spaghettiträger ihres Kleides zur Seite und zog es ihr dann mit einer Hand vom Leib. Den Aufschrei des Stoffes, der an einer der Nähte aufgeplatzt sein musste, ließen wir beide unkommentiert. Viel zu begierig lauerten wir aufeinander.

Abermals hielt ich inne, besah mir ihren Körper genau, als würde ich versuchen, mir jede noch so kleine Partie ihres Körpers einzuprägen. Ein kleines Muttermal befand sich unterhalb ihres Schlüsselbeins, eine winzige Narbe war gleich darunter zu sehen.

Ich strich ganz vorsichtig mit meinem Zeigefinger darüber, glitt unmerklich tiefer und umkreiste ihre Brust. Snows Rücken wölbte sich durch, während sie vor Erregung zuckte.

Ihre Brustwarzen versteiften sich, und als schließlich meine Lippen erst zaghaft, dann immer fester an ihrer rechten Brustwarze zu saugen begannen, stieß Snow erregt aus: »O ja. Hör bitte nicht auf.« Das erregte mich so sehr, dass ich keinen klaren Gedanken mehr fassen konnte.

Während ich sie mit meinem Mund verwöhnte, ließ ich meine Hände auf ihrem Körper auf Wanderschaft gehen. Eine Hand blieb an dem String hängen, der sich ohne mein Zutun wieder über ihre Schamlippen gelegt hatte.

Das konnte ich so nicht durchgehen lassen. Also riss ich ihr das Teil, das sich mir offensichtlich widersetzt hatte, wenig zimperlich vom Leib. Derweil löste ich meine Lippen von ihrer Brust und blickte ihr abermals ins Gesicht.

Die Augen waren geschlossen, ihre Miene war erregt, während ihr Mund einen Spaltbreit offen stand. Offensichtlich gefiel Snow, was ich mit ihr anstellte. Als ich einen meiner Finger auf ihre empfindlichste Stelle legte, schrie sie erfreut auf.

Doch dabei wollte ich es nicht belassen. Ich legte mich zwischen ihre Beine, begann sie nun mit der Zunge zu verwöhnen. Ich wollte sie schmecken, an ihr knabbern und sie rundum verwöhnen. Meine eigene Erlösung stand dabei völlig im Hintergrund.

Als ich mit meiner Zunge durch ihre Schamlippen fuhr, keuchte Snow abermals erregt auf. Sie begann so heftig zu zucken, dass sich ihre Beine eine Spur verkrampften. Immer und immer wieder leckte ich ihre empfindlichste Stelle, ehe ihre Beine sanft zur Seite glitten.

Sie war so schön feucht und fühlte sich so geschmeidig an,

dass meine Boxershorts zum Bersten gespannt waren. Ihre Hände hatten sich in meinem Haar vergraben, während sich mir ihr Becken willig entgegenschob.

Als ich schließlich zwei meiner Finger dazu verwenden wollte, um in sie einzudringen, hörte ich sie von oben sagen: »Nein, ich will dich in mir spüren. Bitte.« Dieser Aufforderung konnte und wollte ich mich nicht länger widersetzen. Also erhob ich mich vom Bett und streifte das lästige Stück Stoff, das mich beim Erfüllen von Snows Wünschen behinderte, vom Körper.

Mit geweiteten Augen sah Snow auf mein bestes Stück, und ich kann nicht verleugnen, wie sehr mich dieser Umstand beflügelte. Doch noch ehe ich zu ihr zurückkonnte, wollte ich mich um die Verhütung kümmern. Wo war noch gleich … ?

»Suchst du die hier?«, fragte Snow schließlich, die offensichtlich bemerkt hatte, wie ich fieberhaft überlegte, wo ich die Kondome hingelegt hatte.

Schon öffnete sie das Päckchen mit ihren schmalen, langen Fingern. Ich eilte zu ihr zurück aufs Bett, wollte ihr das Kondom aus der Hand nehmen.

»Lass mich das machen.« Dabei streifte sie es mir behutsam über und berührte gleichsam das erste Mal meinen Schwanz. Ich biss mir auf die Lippen. Als ihre Finger ihn umschlossen, war ich kaum mehr in der Lage, regelmäßig zu atmen.

Schließlich kam es über mich und ich presste Snow abermals zurück in die Federn.

»Du böser Junge, du!«, japste sie mit diesem Lächeln im

Gesicht, das ich nie wieder vergessen würde. Dabei schlang sie ihre Arme um meinen Nacken, zog mich über sich und küsste mich hart.

Während sich ihre Schenkel weit öffneten und sich ihr Becken mir entgegen wölbte, glitt ich vorsichtig in sie. Besorgt schaute ich sie an, ob ich auch nicht zu stürmisch war. Ihre Augen waren geschlossen, doch ihr Stöhnen war mir Antwort genug.

Langsam bewegte ich mich in ihr, während meine Lippen abermals an ihren Brustwarzen saugten.

»Tiefer«, forderte sie mich wenig später auf, und ich tat, wie mir befohlen.

Als ich sie gänzlich ausfüllte, erhöhte ich das Tempo. Snows Finger krallten sich bei jedem Stoß fester in meinen Rücken, doch das erregte mich nur noch mehr. Sie bewegte sich mit mir im Rhythmus und schrie schließlich ihre Freude ungehemmt hinaus, als sie endlich ihrem Höhepunkt entgegengekommen war.

Ich folgte ihr wenig später und war mir jetzt sicherer denn je: Snow war die Frau fürs Leben. Die eine oder keine.

Kapitel 15

»Guten Morgen, Schlafmütze. Wie hast du geschlafen?«, fragte mich Niklas, der mich mit diesem verführerischen Lächeln auf den Lippen begrüßte, während er seinen Kopf dicht neben mir auf seine Hand gestützt hatte.

»Hey. Was machst du da?« Skeptisch beäugte ich sein Handeln, während ich mir über die verschlafenen Augen wischte.

»Ich schaue dir beim Schlafen zu«, erwiderte er wie selbstverständlich. Ich konnte mir ein Gähnen nicht verkneifen. Ich war eher der Typ *Morgenmuffel*, den man besser vor dem ersten Kaffee gar nicht erst versuchte anzusprechen. Dennoch imponierte es mir, dass er sich offensichtlich an meinem Anblick erfreut hatte.

Viel weniger mufflig als sonst strahlte ich ihn schließlich glücklich an. Der Mann hatte etwas an sich, das mich grundlegend veränderte, mich zu einem besseren Menschen machte, wenn man so wollte. Und das allein durch seine bloße Anwesenheit.

Da schoss mir ein Gedanke durch den Kopf, der mich an den höllischen Hinflug mit Air Vodka erinnerte. Ich hatte Gott ja versprochen, eine Kirche zu besuchen und dort eine Kerze anzuzünden, wenn er dafür im Gegenzug mein kümmerliches Leben davor verschonte, im Atlantik an der Spitze eines Eisbergs aufgespießt zu werden.

Ja, ich hatte eine blühende Fantasie und Titanic gehörte definitiv zu einem meiner absoluten Lieblingsfilme.

Besonders abergläubisch war ich zwar nicht, dennoch wollte ich mein eben erst gefundenes Glück nicht leichtfertig aufs Spiel setzen.

»Sag mal, Niklas, weißt du, wo es hier in Cannes eine schöne Kirche gibt? Nicht unbedingt weit vom Hotel weg«, fragte ich ihn in Gedanken versunken. Es konnte nicht schaden, diesen leidigen Punkt möglichst schnell von meiner To-do-Liste zu löschen. Schließlich hatte ich dem lieben Gott ja nicht zugesagt, auf der Suche nach der schönsten Kirche auf Knien durch ganz Frankreich zu robben.

Für mein klägliches Leben tat es sicher auch die Kirche um die Ecke.

Seine weit aufgerissenen Augen hätten mir eigentlich schon zu verstehen geben müssen, dass ich mich missverständlich ausgedrückt hatte. Doch in diesem Moment war ich erstens noch viel zu verschlafen und zweitens beim lieben Gott, der mich vom Schlimmsten bewahrt hatte, um mir das Schönste zu schenken.

»Nun, da wäre l'Église Notre Dame de Bon Voyage aus dem sechzehnten Jahrhundert. Die habe ich mir bei meinem letzten Aufenthalt in Cannes angesehen, und so weit ich weiß, war die auch nicht allzu weit von diesem Hotel entfernt. Also, ähm ... ich weiß jetzt nicht genau, was du ... Warum fragst du? Warst du noch Jungfrau?« Niklas stockte plötzlich und wurde dabei ganz blass um die Nase.

Da dämmerte es mir plötzlich: Niklas dachte, ich wolle ihn nach der ersten gemeinsamen Nacht vor den Traualtar zerren. Wie süß er doch aussah, wenn er sich innerlich wand und nach einer Lösung suchte. Ein wenig würde ich ihn noch zappeln lassen, so wie er mich gestern in der zweiten Runde hingehalten hatte.

»Nun, eigentlich bin ich eine streng gläubige Katholikin.« Während ich das sagte, zog ich mir die Bettdecke bis hoch übers Kinn. »Wenn meine Eltern je erfahren sollten, was ich heute Nacht getan habe, dann …« Doch dann brach es einfach aus mir heraus. Ich konnte nicht länger an mich halten und prustete laut los.

»Du kleines Biest. Für einen winzig kleinen Augenblick habe ich dir die Scharade auch noch abgekauft. Na, warte!«

Voller Elan riss Niklas die Decke von mir und begann mich ohne Vorwarnung zu kitzeln. Ich lachte so sehr, dass mir der Bauch wehtat. »Hab Erbarmen mit mir! Ich kann nicht mehr.«

»So, wie du ihn mit mir hattest? Für einen furchtbar langen Schreckmoment dachte ich wirklich, mein letztes Stündchen hätte geschlagen. Hochzeit, Ehe, Frau und Kinder …. Das ist … neu.«

»Auch schlecht oder nur *neu*?«, fragte ich ehrlich interessiert, während ich aufgeregt an dem abstehenden Faden der Bettdecke nestelte.

»Nein. Nur neu und irgendwie auch … gut.« Dabei lächelte er mich wieder mit diesem warmherzigen Ausdruck im Gesicht an, der mich zum Schmelzen brachte.

Er kam mir daraufhin immer näher, und ich spürte förmlich, wie ich mich nach ihm sehnte. Was hatte dieser Mann nur an sich, dass ich für ihn auf Knopfdruck bereit war, alles stehen und liegen zu lassen?

Weiter kam ich mit meinen Überlegungen nicht mehr. Niklas hatte einen Hebel in meinem Kopf um- und dabei alles darin lahmgelegt.

Zwei Stunden später gelang es mir endlich, mich von Niklas loszureißen. Der Mann war unersättlich und in seiner Nähe färbte das irgendwie auf mich ab.

Beschwingt eilte ich den Korridor entlang zum Aufzug. Noch war es früh am Morgen. Meine Bandkollegen würden sicher nicht einmal mitbekommen haben, dass ich nicht in meinem Zimmer übernachtet hatte.

Nicht, dass es mich sonderlich kümmerte, ob sie davon Wind bekommen hatten oder nicht. Aber ich hasste es grundsätzlich, im Mittelpunkt zu stehen. Ich bot diesen albernen Jungs ungern eine Steilvorlage.

Wenn man lange auf engstem Raum mit ihnen unterwegs war, dann entwickelten sich solche Geschichten gerne zu kleinen Spötteleien, die immer zur rechten Zeit zum Zuge kamen. Nichts war für mich schlimmer, als wenn die sieben sich bei jeder sich nur bietenden Gelegenheit über mich lustig machten.

Unbeherrscht drückte ich nun zum dritten mal auf den Knopf, der den Aufzug in meinem Stockwerk Halt machen ließ. Zumindest war das der Plan. Die Realität sah anders aus. Irgendwie wollte dieses doofe Teil einfach nicht in meiner Etage einen Zwischenstopp einlegen. Warum auch immer.

Als ich mich schließlich dazu entschloss, die wenigen Stockwerke über das Treppenhaus zu Fuß zurückzulegen, und mich umdrehte, erschrak ich beinahe zu Tode.

»Ryan, was machst du denn hier?«, schrie ich förmlich, während ich einen Schritt zurückwich.

»Ich habe nach dir gesucht, nachdem ich dich gestern Abend gar nicht aufs Zimmer habe kommen hören.« Ryans irrer Blick fixierte mich; er musterte mich von Kopf bis Fuß.

Plötzlich hatte ich das Gefühl, man könne mir womöglich ansehen, was ich die letzten Stunden Sündhaftes getan hatte, und ich errötete bei der Vorstellung.

»Ich war schon früh wach und … war spazieren«, log ich, während ich spürte, wie meine Wangen zu glühen begannen. Ich war eine unsagbar schlechte Lügnerin. Das war schon damals in meiner Jugend so gewesen.

Einmal, als die Situation mit meiner Stiefmutter mich beinahe um den Verstand zu bringen drohte, hatte ich eine Notlüge bemüht, um meinem Vater einen Spiegel vor Augen zu halten. Doch die Sache flog auf und verschlimmerte meine Situation nur noch. Das war mit eine der dümmsten Entscheidungen meines Lebens gewesen.

»Hier? Im Hotel? Warum bist du nicht an den Strand gegangen?« Ryan verhörte mich wie ein Cop. Was ging es ihn denn an, wo ich mich aufgehalten hatte? Ich war ja schließlich keine sechzehn mehr und er war weder mein Vormund noch mein Freund.

»Ryan, ich denke nicht, dass ich dir Rechenschaft darüber ablegen muss, wo ich die Nacht verbracht habe.« Dabei eilte ich an ihm vorbei in Richtung des Treppenhauses.

Plötzlich schlang Ryan seine Finger um mein Handgelenk und ließ mich jäh in der Bewegung innehalten, während er immer fester zupackte.

»Aua. Du tust mir weh«, blaffte ich ihn an.

»Ich weiß ganz genau, wo du gerade herkommst. Also, lüg mich nicht an und lass die Finger von diesem Idioten. Das ist auch nur wieder einer von denen, die dir das Herz brechen werden. Glaub mir!«

Noch immer umklammerte er fest mein Handgelenk, während ich mich von ihm loszureißen versuchte. Doch er war einfach so viel stärker als ich. Als hinter uns das typische Geräusch die Ankunft des Aufzugs anzeigte, war Ryan einen Moment unaufmerksam.

Ich nutzte die Gelegenheit, entzog ihm meinen Arm und rannte ins Treppenhaus. Was auch immer Ryan neuerdings für Tabletten schluckte, er würde dringend damit aufhören müssen.

So kannte ich ihn ja gar nicht. Für einen kurzen Moment hatte ich regelrecht Angst vor ihm bekommen. Doch das war lächerlich. Ryan würde mir nie etwas antun. Wir waren seit Jahren Bandkollegen und hatten in der Vergangenheit kaum Probleme miteinander gehabt.

Sicher hatte er nur schlecht geschlafen oder einen über den Durst getrunken. Anders konnte ich mir sein merkwürdiges Verhalten am heutigen Morgen beim besten Willen nicht erklären.

***

»Hey, Niklas. Na, hast du gut geschlafen?«, begrüßte mich

Miranda an diesem Morgen überschwänglich am Frühstückstisch. Wenn die wüsste!

Seit der Sache mit Drew war ich von der Persona non grata zu *Everybodys Darling* aufgestiegen. Stacy bedeutete mir bereits, neben ihr Platz zu nehmen, während ich noch versuchte, die Ereignisse der letzten Nacht zu verarbeiten.

Die Liebe hatte mich jäh zu Fall gebracht und mich im gleichen Zuge wie auf Zuckerwatte gebettet. Ich hatte mich einer Frau ergeben, doch entgegen all meiner schlimmsten Befürchtungen fühlte es sich verdammt gut an.

»Möchtest du auch ein Rührei?«, fragte Emily herzlich. »Ich kann dir gerne welches bestellen.« Das war dann doch eine Spur zu viel für mich. Es war ja nett, dass sie mich plötzlich und völlig unerwartet in ihre Reihen aufgenommen hatten, aber bemuttern lassen wollte ich mich dennoch nur sehr ungern.

»Emily, sei mir nicht böse, aber das schaffe ich gerade noch allein.« Ich musste die vier dringend in ihre Schranken verweisen, wenn ich nicht wollte, dass sie bald über mein Leben bestimmten.

Es war sicher nur lieb gemeint, und Emilys sich absenkende Mundwinkel ließen mich auch für einen Moment daran zweifeln, ob es wirklich eine gute Idee gewesen war, sie so schroff anzugehen.

»Niklas, wir wollen später einen Ausflug nach Monaco machen«, lenkte Stacy vom Thema ab. »Wir würden uns sehr freuen, wenn du uns begleiten würdest.« Das war keine lieb gemeinte Einladung, die sie da formuliert hatte, sondern klang vielmehr nach einer Aufforderung.

»Leider muss ich euch heute absagen. Gerne ein andermal, aber heute bin ich bereits verabredet.«

»So?« Stacys Miene verfinsterte sich immer weiter. Offensichtlich gefiel es ihr nicht, dass ich ein Eigenleben hatte und sie nicht über jeden meiner Schritte Bescheid wusste.

Als wir uns nach dem Frühstück voneinander verabschiedeten, hatte sie es dennoch geschafft, mir aus den Rippen zu leiern, was ich an diesem sonnigen Tag vorhatte. Wie sie das letztendlich hinbekommen hatte, konnte ich im Nachhinein beim besten Willen nicht mehr sagen.

Kapitel 16

»Hallo, Sie müssen Phoebe sein«, sprach mich eine mir vollkommen fremde Frau in der Lobby des Hotels an. Niklas und ich hatten uns am Steinway verabredet und ich war wie immer zehn Minuten zu früh dran.

»Ja, die bin ich.« Irgendetwas an ihr kam mir plötzlich ganz vertraut vor. Woher kannte ich sie nur?

»Sie warten hier auf Niklas, richtig?« Und plötzlich fiel es mir wie Schuppen von den Augen. Das war Stacy, die am Tag meiner Ankunft vor seinem Zimmer um Einlass gebeten hatte.

»Ja, das tue ich. Haben Sie eine Nachricht von ihm an mich? Verspätet er sich?«

»Nicht direkt. Ich will Sie vielmehr vor ihm warnen.« Mir stockte der Atem bei ihren Worten. Was um alles in der Welt würde sie mir jetzt sagen? Das Kartenhaus, das so leicht zu errichten gewesen war, drohte unerwartet durch eine Windböe in sich zusammenzufallen.

»Ich verstehe nicht. Was wollen Sie mir denn damit sagen?«

»Nun, ich weiß nicht, was er Ihnen erzählt hat, aber Niklas ist nicht der, für den Sie ihn halten.« Sie gab sich geheimnisvoll und schürte damit nur noch mehr meine Neugierde.

»Ist er nicht?«

»Nein. Ich fühle mich dazu verpflichtet, Ihnen mitzuteilen, dass dieser Mann nicht einmal in der Lage wäre, sich in diesem Hotel ein Drei-Gänge-Menü zu leisten, geschweige denn, hier eine Woche Urlaub zu machen.«

Mir wurde plötzlich ganz schlecht. War ich etwa einem Heiratsschwindler aufgesessen? Und wenn ja, was wollte er dann bitte schön von mir? Bei mir gab es definitiv nichts zu holen.

»Niklas ist der Cousin meines Mannes, und wir haben ihn mit uns in den Urlaub genommen, weil er uns leidtat. Aber irgendwie fühle ich mich dazu verpflichtet, Ihnen reinen Wein einzuschenken. Sie sind ja gerade im heiratsfähigen Alter und wollen bestimmt auch irgendwann Kinder. Niklas wird sich für beides nie erwärmen können. Es tut mir wirklich von Herzen leid, aber ich habe Sie einfach nicht sehenden Auges in Ihr Unglück laufen lassen können.« Dabei berührte sie vorsichtig meinen Oberarm mit ihrer Hand. Ihr Gesicht sah besorgt aus. Es war ihr sicher nicht leichtgefallen, mir das zu sagen, wobei mir lieber gewesen wäre, sie hätte geschwiegen.

Seit mein Vater nach dem Tod von Mom meine Stiefmutter ins Haus gebracht und ihr von da an immer mehr geglaubt hatte als mir, war gegenseitiges Vertrauen für mich die wichtigste Basis einer Beziehung.

Wenn mich Niklas schon wohlweislich in dem Glauben ließ, er könne sich diesen Luxus leisten, wobei hatte er dann noch gelogen? Oder tat ich ihm vielleicht unrecht? Auf Geld kam es mir nicht an. Ich hatte nie das Bedürfnis verspürt, Millionen zu verdienen oder mir gar einen reichen Ehemann zu angeln.

Ich lebte lieber ungezwungen in den Tag hinein und war glücklich mit dem, was ich hatte. Viele Menschen streben nach immer mehr, während ich einfach mit dem zufrieden war, was ich bisher erreicht hatte.

Mein Herz setzte einen Schlag aus, während in mir eine tiefe Trauer aufstieg. Niklas hatte mich enttäuscht. Warum nur musste er vor mir den Krösus markieren? Das passte doch überhaupt nicht zu ihm.

Konnte man mit so einem Mann eine Zukunft planen, und wollte ich das überhaupt? Ging das hier nicht alles plötzlich viel zu schnell? Mir schwirrte der Kopf bei all diesen Gedanken.

Völlig unerwartet, wurde mir nun der Boden unter den Füßen weggerissen. Diese Leichtigkeit, die das Zusammensein mit Niklas auszeichnete, war plötzlich verschwunden. Ich fragte mich, wer er wirklich war und ob er das, was er mir alles gesagt hatte, auch wirklich so gemeint hatte.

»Stacy, sind Sie sich sicher bei der Sache mit der Familienplanung?« Nicht, dass es mir ein Anliegen wäre – Gott bewahre –, mit Niklas eine Familie zu gründen. Das war, wenn überhaupt, Zukunftsmusik, die leider nach und nach zu verklingen schien.

Aber hatte er mir nicht gerade heute Morgen erst gesagt, dass er sich das nun doch vorstellen könnte? So war es doch gewesen, als wir uns heute gekabbelt hatten, oder?

»Das steht außer Frage. Er macht sich permanent lustig über die Männer in seinem Freundeskreis, die sich in eine

Ehe haben zwingen lassen – so meint er. Nein, wenn Niklas auch nur in Erwägung zieht zu heiraten, fresse ich einen Besen.«

»So.« Das klang leider gar nicht gut. Hatte er mich auch hierbei belogen oder war es der Atmosphäre des heutigen Morgens geschuldet? In besonderen Situationen neigte man ja oft dazu, Dinge zu sagen, die man gar nicht so meinte.

Unterbewusst und wider besseren Wissens hatte ich in diese wenigen Worte viel mehr hineininterpretiert, als es womöglich gut für mich war. Mir wurde plötzlich heiß und kalt; ich bekam kaum mehr Luft.

»Entschuldigen Sie mich bitte.« Überhastet eilte ich an Stacy vorbei nach draußen. Nur weg von hier.

Während ich, so schnell mich meine Beine trugen, ohne ein bestimmtes Ziel vor Augen losrannte, erinnerte ich mich wieder an eine dieser bezeichnenden Szenen in meinem Leben, die mich zu dem gemacht hatten, was ich heute war.

Meine Stiefmutter hatte direkt nach ihrem Einzug alles darangesetzt, einen Keil zwischen Daddy und mich zu treiben. Was ihr leider auch viel schneller gelungen war, als ich es je für möglich gehalten hätte.

An einem sonnigen Frühlingsmorgen hatte Daddy mich wenig zimperlich aufgeweckt und mich mit einer kaputten Vase konfrontiert, die einst Mom gehört hatte. Allison, seine zweite Ehefrau, hatte behauptet, ich hätte diese absichtlich fallen lassen und sie hätte es erst nicht über sich gebracht, ihm von dem Verlust zu berichten.

Tja, ich hatte ihm Stein und Bein geschworen, dass ich nichts damit zu tun hatte, doch es hatte ihn nicht interessiert.

»Warum sollte Allison lügen?«, hatte er mich immer wieder gefragt. *»Was hätte sie denn davon?«*

Was sie davon hatte, wurde mir im Verlauf meiner Kindheit beinahe täglich vor Augen geführt. Am Ende war es so schlimm, dass ich nach der Highschool einfach nur weg von zu Hause wollte.

Keiner in der Familie glaubte mir mehr. Mein Vertrauen, was andere Menschen anbelangte, war schwer geschädigt. Erst meine Bandkollegen hatten mir wieder das Gefühl gegeben, zu einer Familie zu gehören, in der ich respektiert und mein Wort geschätzt wurde.

Vor meinen Augen hatte sich ein wässriger Schleier gebildet. Ohne es zu bemerken, hatte ich angefangen zu weinen. Bei Niklas hatte ich mich ebenso geborgen gefühlt wie das Kind von einst, das sich zu Mommy und Daddy ins Bett gekuschelt hatte, wenn es blitzte und donnerte.

Viel zu schnell hatte ich mein Herz für ihn geöffnet und nun die Quittung kassiert. Wie naiv war ich eigentlich, mich einem völlig Fremden dermaßen an den Hals zu werfen?

Ich rannte immer weiter und erreichte schließlich, ohne dass ich es geplant hätte, die Kirche, von der mir Niklas erzählt und die ich eigentlich hatte mit ihm gemeinsam besichtigen wollen. Der Gedanke daran trieb mir neuerlich die Tränen in die Augen.

Als ich diesen Ort der Ruhe und Stille betrat, brauchte ich einen Moment, bis sich meine Augen an die Dunkelheit darin gewöhnt hatten. Mit dem Handrücken wischte ich mir über die nassen Wangen, ehe ich wie magisch von den Kerzen auf der linken Seite angezogen wurde.

Langsam schritt ich auf das Leuchten zu. Außer mir war niemand in der Kirche zu sehen. Ich konnte meinen Herzschlag noch immer laut schlagen hören. Der kleine Spurt hatte mich ganz außer Atem gebracht.

Die Kühle innerhalb der Kathedrale war sehr angenehm. Während der süßliche Weihrauchgeruch mich innerlich beruhigte, erinnerte er mich doch an die frühe Kindheit, als Mommy und Daddy mit mir sonntags immer in die Kirche gegangen waren.

Am Teelichtermeer angelangt, hielt ich einen Moment inne und blickte auf zu einer Statue der Mutter Gottes. Aus einem Reflex heraus faltete ich die Hände zum Gebet und sprach in Gedanken ein paar Worte zu ihr.

Anschließend kramte ich in meinen Hosentaschen nach dem Geld, das ich für die Teelichter bereits bereitgelegt hatte. Das Klirren, das die Münzen verursachten, als sie auf den anderen im Opferstock aufkamen, hallte durch die Kirche. Sonst war noch immer kein Laut zu vernehmen.

Wie aus dem Nichts legte sich plötzlich etwas auf meine Schulter. Ich erschrak zu Tode und schlug aus einem Reflex heraus die Hand beiseite. Panisch wandte ich mich um, während mein Aufschrei die stille Kirche durchfuhr. Vor mir stand Ryan.

»Bist du jetzt vollkommen verrückt geworden?«, japste ich, während mein Herz beinahe aus dem Brustkorb sprang. »Was machst du hier?« Meine schrille, sich überschlagende Stimme durchschnitt die Stille des geheiligten Ortes.

Anfangs blickte er mich nur durchdringend an, ohne ein Wort an mich zu richten. Das dämmrige Licht warf einen tiefen Schatten auf sein Gesicht, das mich mit Angst erfüllte.

»Es gefällt mir nicht, dass du dich auf diesen Kerl eingelassen hast.« Diese Kälte in der Stimme ließ mich frösteln. Was war nur mit Ryan los?

»Niklas?«, fragte ich entsetzt. »Was hast du denn nur gegen ihn, und warum lauerst du mir hier auf, um mir das zu sagen?« Verängstigt blickte ich mich nach Hilfe um. Irgendetwas in Ryans ungewöhnlichem Verhalten bereitete mir große Sorgen.

Den Fluchtweg nach vorne schnitt mir der beinahe zwei Köpfe größere Mann ab; hinter mir war nur die Steinwand: Ich saß in der Falle.

»Du hast dich in all den Jahren, in denen ich jetzt in der Band bin, immer wieder für den Falschen entschieden und gar nicht bemerkt, dass der Richtige für dich nur einen Steinwurf von dir entfernt war.« Seine monotone Stimme klang wie ein Roboter.

»Was meinst du damit? Wen … Du …« Und plötzlich war es mir klar, wen er damit meinte.

»Hast du dich gar nicht gewundert, dass ich all die Jahre in dieser drittklassigen Band von einem Ort zum anderen getingelt bin? Dass ich mein Talent an euch verschwendet habe?« Von der Ruhe in seiner Stimme war plötzlich nichts mehr zu hören. Wie ein scharfes Messer durchschnitten seine Worte die friedliche Umgebung.

Erschrocken wich ich einen Schritt zurück und spürte schließlich die kalte Wand in meinem Rücken. Ryan schritt langsam und gemächlich auf mich zu. Wie ein Wolf, der sein Opfer nicht mehr aus den Augen lässt, schlich er mir nach.

Seine Lider wagten es nicht einmal mehr, sich zu schließen. Sein irrer Blick ließ mich bereits von dem Schlimmsten ausgehen.

»Was hast du jetzt vor?«, fragte ich dennoch, um meine Fantasie nicht mit noch mehr Schreckensbildern anzureichern.

»Ich hole mir jetzt, was mir schon lange zusteht und worauf ich all die Jahre gewartet habe.« Dabei überwand er die letzten Schritte, die uns noch voneinander trennten, presste mir seine Lippen auf den Mund und grapschte nach meiner linken Brust.

Ehe ich überhaupt verstand, was da gerade mit mir passierte, riss ihn jemand von mir weg.

»Du Mistkerl lässt sofort deine Pranken von meiner Freundin.« Niklas schlug zu, und der knackende Laut, der die Kirche erfüllte, als er Ryans Nase brach, verschlug mir für einen Moment den Atem.

Als dieser sich auf dem Boden vor Schmerzen krümmte, reichte mir Niklas seine Hand und zog mich in seine Arme. Ich schluchzte bitterlich auf und ließ meinen Tränen freien Lauf. Der Schock, unter dem ich stand, ließ mich am ganzen Körper zittern.

»Schschsch, alles wird gut«, sprach Niklas ganz leise in mein Ohr. »Ich bin bei dir und passe auf dich auf. Der Kerl wird dir nichts mehr tun.« Seine Worte legten sich wie Balsam auf meine geschundene Seele. Ich schmiegte mich noch eine Spur weiter an seine Brust und spürte dabei ganz deutlich, dass auch sein Puls schneller ging.

»Na, hältst dich wohl für den edlen Prinzen, der sein

Mädchen vor dem Bösen gerettet hat?« Während Ryan das sagte, spuckte er Blut. Die rote Flüssigkeit auf seinen Lippen, gepaart mit dem irren Blick, waren angsteinflößend. »Eins sag ich dir, das hier ist noch lange nicht zu Ende.«

»Ja, da hast du recht, denn Phoebe wird zur Polizei gehen und dich anzeigen, du Arschloch.« Dabei wollte Niklas abermals auf ihn losgehen, doch ich hielt ihn zurück. Ich wollte nicht, dass die beiden sich schlugen und Niklas dabei womöglich zu Schaden kam.

»Lass uns gehen«, wisperte ich durch den Schleier aus Tränen hindurch. Noch immer konnte ich nicht fassen, was da eben geschehen war. Dass Ryan zu einer solchen Tat fähig war, erschütterte mich bis ins Mark.

Mit zittrigen Händen umschloss ich Niklas' Hand und eilte mit ihm nach draußen an die frische Luft. Die Sonne schien unerbittlich auf uns hernieder. Instinktiv schloss ich meine Lider. Nach der Dunkelheit in der Kirche gewöhnten sich meine Augen nur langsam an das grelle Licht. Dabei atmete ich die frische Meeresbrise tief ein und lauschte den keifenden Möwen, die sich über den Dächern von Cannes lautstark unterhielten. Ich spürte, wie die Anspannung langsam von mir abfiel.

»Geht es wieder?«, fragte mich Niklas besorgt, der mir mit einer Hand einfühlsam über den Rücken strich. Sein schmerzerfülltes Gesicht verriet mir, wie sehr ihn die Szene in der Kirche mitgenommen hatte.

»Ja, danke«, sagte ich zwar, doch eigentlich war ich noch immer furchtbar aufgewühlt. Die Ereignisse des Tages hatten mich im Nullkommanichts von einem Extrem ins andere katapultiert. Von himmelhoch jauchzend bis zu Tode betrübt war heute wirklich alles dabei gewesen. »Sag mal, Niklas, woher wusstest du, wo ich sein würde?«

»Ich wusste es nicht, es war mehr so ein Gefühl.« Dann endeten seine Streicheleinheiten auf meinem Rücken abrupt. »Phoebe, ich weiß, dass Stacy mit dir geredet hat.«

Ich senkte den Blick und wartete auf das, was nun folgen würde. »Wollen wir uns da drüben in dem Café hinsetzen und ich erzähle dir ein bisschen von mir?« Das klang nicht nach jemandem, der nur ein belangloses Abenteuer gesucht hatte. Ich hob meinen Blick und sah Niklas direkt in die Augen. Die Sorge um das, was Stacy mit ihren Worten womöglich angerichtet hatte, stand ihm offen ins Gesicht geschrieben.

Kaum merklich nickte ich ihm zu und wir liefen Hand in Hand zu dem kleinen Café etwas abseits von der Kathedrale auf der Piazza.

***

In den folgenden Minuten nahm ich all meinen Mut zusammen, berichtete Snow von meiner kleinen Schwester, die meinetwegen viel zu früh hatte von dieser Erde gehen müssen, und meinem daraus resultierenden Vorsatz, nie wieder für jemanden Verantwortung zu übernehmen.

Sie lauschte mir angespannt, nickte mir an manchen Stellen aufmunternd zu, weiterzusprechen, und heftete ihren Blick fest auf meine Lippen.

»Danke, Niklas, dass du mir davon erzählt hast. Ich muss dir auch noch von ein paar Dingen aus meiner Vergangenheit berichten, wobei es für heute genug der trüben Gedanken ist. Nur so viel: Vertrauen ist für mich die Grundvoraussetzung für eine Beziehung. Wenn du nicht dazu in der Lage sein solltest, ehrlich zu mir zu sein, dann wird das zwischen uns nicht funktionieren.«

Allein der Gedanke daran, Snow zu verlieren, jagte mir einen kalten Schauer über den Rücken. In der Kürze der Zeit war sie so unglaublich wichtig für mich geworden, dass ich kaum mehr einen Tag ohne sie verbringen wollte.

»Ab jetzt keine Lügen mehr. Versprochen!«, gelobte ich feierlich.

»Stacy hat es sicher nur gut gemeint, als sie mich vor dir warnen wollte. Vielleicht wollte sie dich damit auch schützen. Wer weiß?«

»Wie meinst du das?« Diese Vermutung entbehrte jeder Vernunft. Meine Hände verkrampften sich zu Fäusten, als ich mich an die unschöne Szene in der Lobby mit Stacy erinnerte.

Nachdem ich die neue Kamera in meinem heillosen Durcheinander nicht hatte finden können, war ich erst knapp fünf Minuten nach der verabredeten Zeit in der Eingangshalle des Hotels angekommen.

Doch anstatt Phoebe wartete Stacy dort auf mich und meinte, Phoebe sei schon wieder gegangen. Als ich ihr auf den Zahn fühlte und sie daraufhin merkwürdig rumdruckste, hatte ich sie lautstark dazu aufgefordert, mir endlich zu sagen, was zwischen ihr und Phoebe vorgefallen war.

Anfangs wollte sie es mir nicht sagen, doch dann sprudelte es förmlich aus ihr heraus. Wie konnte Phoebe nur ansatzweise glauben, dass Stacy zu meinem eigenen Schutz gehandelt haben könnte?

»Na, offensichtlich beschäftigt dich dieses Trauma mit deiner Schwester noch immer so sehr, dass du dich lieber in deinem Schneckenhaus verkriechst oder gleich die Koffer packst und das Weite suchst. Vielleicht wollte dich Stacy davor bewahren, mehr Nähe zulassen zu müssen, als du im Moment in der Lage bist zu ertragen?«

So hatte ich das noch gar nicht gesehen. Auch wenn Phoebe richtigliegen könnte, hatte Stacy noch lange nicht das Recht, für mich Entscheidungen zu treffen. Das war ja das eigentliche Problem, was ihre Ehemänner mit den vier Frauen hatten: Sie bevormundeten sie wie kleine Kinder, ohne auch nur im Geringsten darauf zu hören, was die Männer wollten.

Darüber würde ich schon bald ein ernstes Gespräch mit den vier Frauen führen. Doch nicht heute. Der Tag war mittlerweile schon weit fortgeschritten. Phoebe musste am Abend wieder zu einem Auftritt auf die Bühne im Hotel, und vorher mussten wir der Band mitteilen, dass ihr Bassist eine Schraube locker hatte.

Wie die anderen Bandmitglieder auf die neuesten Entwicklungen reagieren würden, war dabei noch nicht ersichtlich. Bevor wir zur Polizei gingen, streifte ich mit Phoebe über den Blumenmarkt und kaufte ihr eine rote Rose.

Allmählich hatte sie den Schock verwunden und schenkte

mir wieder dieses traumhafte Lächeln, das mich beinahe um den Verstand brachte. Diese feinen Grübchen, die auf ihren Wangen zutage traten, wenn sie herzhaft lachte, fuhr ich zärtlich mit meinen Fingerspitzen nach, ehe ich nicht mehr länger an mich halten konnte und sie küsste.

Anfangs noch vorsichtig, dann immer stürmischer, bis uns schließlich ein: »Hey, sucht euch ein Zimmer«, verschämt auseinanderfahren ließ.

Wobei der Vorschlag gar nicht mal so verkehrt war. Doch davor wollte Phoebe verständlicherweise noch ihre Anzeige machen.

***

»Das hätte ich ja wirklich nie für möglich gehalten.« Christopher musste sich vor lauter Schreck erst mal hinsetzen.

»Ja, was glaubst du, wie es mir erging? Als ich bei der Polizei Anzeige gegen Ryan erstatten wollte, hat man mir außerdem berichtet, dass er ein Wiederholungstäter wäre. Bereits mehrmals in der Vergangenheit ist er von Frauen angezeigt worden, die sich von ihm belästigt gefühlt haben.«

Das war eigentlich noch viel zu beschönigend ausgedrückt. Ryan hatte die fünf Frauen gestalkt, war ihnen nicht mehr von der Seite gewichen und hatte sie beinahe an den Rand des Wahnsinns getrieben. Eine der Frauen hatte einen Selbstmordversuch nur knapp überlebt.

Christopher schüttelte entsetzt mit dem Kopf und sah

mich sogleich besorgt an. »Geht es dir gut? Hat er dich verletzt?«

»Es geht mir gut. Danke dir.« Ich blickte zu Niklas. »Das hier ist mein Retter. Er kam mehr oder minder zufällig vorbei und hat nicht lange gefackelt und Ryan eine blutige Nase verpasst.

»Autsch, aber wohl verdient. Nun, das wird nun einiges in der Band verändern.« Der melancholische Unterton in seiner Stimme war kaum zu überhören.

»Ja, das denke ich auch. Aber ich musste es dir sagen. Ich kann mit diesem Mistkerl auf keinen Fall weiterhin in einer Band spielen. Allein die Vorstellung, wie er da hinter mir steht und mich beobachtet, jagt mir Abertausende Schauer über den Rücken.«

»Nein, nein. Du hast vollkommen richtig gehandelt. Such bitte keine Schuld bei dir. Wir werden Jimmy von den geänderten Verhältnissen berichten. Vielleicht hat das Ganze ja sogar noch etwas Gutes«, meinte er plötzlich viel zuversichtlicher.

»Wie meinst du das?«

»Na ja, der Vertrag, den wir mit unserem Manager geschlossen haben, galt ja für uns alle. Womöglich besteht eine Chance, dass wir da rauskommen und endlich unser eigenes Ding machen können. Aber das lasse ich jetzt erst mal einen Anwalt prüfen.«

»Mein Cousin ist Anwalt und dazu noch ein richtig guter«, meldete sich Niklas zu Wort.

»Dann würde ich ihn gerne mal bei Gelegenheit um seine Einschätzung der Sache bitten. Solange das hier jetzt alles nicht in trockenen Tüchern ist, möchte ich aber nicht, dass ihr mit den anderen aus der Band darüber sprecht. Okay?«

»Ja, aber sicher doch. Aber was ist mit der Sache mit Ryan?«

»Das lässt sich leider nicht so einfach unter den Teppich kehren. Ich werde die Jungs informieren. Du brauchst nicht dabei zu sein, wenn es dich zu sehr aufwühlt, ein weiteres Mal mit den Geschehnissen konfrontiert zu werden.«

»Danke dir.« Mir fiel ein zentnerschwerer Stein vom Herzen. Christopher würde sich der Sache annehmen. Das war genau das, worauf ich gehofft hatte.

Nun würde sich sicher alles zum Guten wenden. Als Christopher Niklas' Zimmer verlassen hatte, nahm mich dieser abermals ganz fest in seine Arme.

»Weißt du eigentlich, wie sehr ich dich liebe? Wie sehr ich dich begehre?« Bisher hatten wir nicht über unsere Gefühle gesprochen. Zumindest nicht mit Worten. Unsere gegenseitigen Blicke sprachen hingegen ohne Unterlass von dem Gefühl der Verbundenheit, das uns seit dem ersten Tag fest im Griff hatte.

»Nein, erzähl doch mal!«, forderte ich ihn schließlich auf, mehr von seiner Gefühlswelt preiszugeben.

»Ich komme mir manchmal so vor, als wäre ich der Prinz aus diesem Märchen, in dem die Prinzessin in dem gläsernen Sarg liegt und er sie wieder zum Leben erweckt.«

»Du meinst Schneewittchen? Die mit den sieben Zwergen?« Ich lachte.

»Ja, genau die. Wie passend.«

»Mit Lippen so rot wie Blut, Haut so weiß wie Schnee und Haaren

so schwarz wie Ebenholz.«

»Mein Schneewittchen.« Dabei hob er mich ohne Vorwarnung auf seine Hüften, lief mit mir zu seinem Bett, während er die Stelle unterhalb meines Ohrläppchens so leidenschaftlich küsste, dass ich alles um mich herum vergaß.

Epilog

»Greift ruhig zu! Es ist genügend von allem da«, sagte Tante Heather, während sie mir neben den Kuchen auf meinem Teller noch eine ordentliche Portion Sahne gab.

Schwungvoll ergriff sie schließlich das Sektglas vor sich auf dem Platz und stand auf.

»Auf Phoebe und Niklas. Dass ich das noch erleben durfte, dass du endlich sesshaft werden willst. Mensch, mein Junge, ich wünsche euch beiden alles Glück der Welt.« Mit wässrigen Augen blickte sie mich an, ehe sie mit mir und Phoebe anstieß.

»Auf das glückliche Brautpaar«, stimmten die anderen in der Runde in den Toast mit ein. Neben meinen und Mitchs Eltern waren natürlich auch Mitch, Liam, Brian und Noah mit ihren Familien gekommen, um zu erfahren, was es denn für brisante Neuigkeiten – so hatte es Tante Heather formuliert, nachdem ich ihr als Erste von den guten Nachrichten berichtet hatte – gab.

»Wisst ihr denn schon, wann die Hochzeit sein wird, und wohin gehen die Flitterwochen?« Drew war völlig aus dem Häuschen. Sie schien sich von allen am meisten für uns zu freuen. Seit ich ihr das Leben gerettet hatte, waren wir beide uns auf freundschaftlicher Ebene viel nähergekommen.

»Ja, das wissen wir schon. In drei Wochen wird geheiratet

und dann geht es erst mal auf eine Weltreise«, kam mir Phoebe zuvor.

»Oh, das ist aber viel Arbeit, die da in der Kürze der Zeit zu erledigen ist. Aber das schaffen wir natürlich. Ist doch so, oder?« Trotz der formulierten Frage glich Tante Heathers Äußerung mal wieder einem Befehl, dem man sich nicht zu widersetzen hatte.

»Und wie wollt ihr euch eine so kostspielige Reise finanzieren? Eine Weltreise ist sicher nicht ganz so günstig.« War ja klar, dass Stacy mal wieder aufs Geld zu sprechen kam.

»Stacy, hatten wir darüber nicht geredet?« Mitch blickte seine Frau vorwurfsvoll an, während diese erschrocken den Blick senkte.

»Entschuldigt, ich wollte gar nicht so zickig klingen. Die Kleine schläft jetzt auch endlich durch, und eigentlich gibt es gar keinen Grund mehr für mich, so gereizt zu sein.« Sie lachte verlegen in die Runde.

Ein wissendes Nicken machte die Runde bei den Müttern. Der Rest traute seinen Ohren noch nicht. Während ich die geläuterte Stacy so vor mir sah, bekam ich fast Mitleid mit ihr.

Ich hatte ihr noch am selben Tag, als sie meinte, zwischen mich und Phoebe einen Keil treiben zu müssen, kräftig die Leviten gelesen.

Nun freute ich mich aufrichtig, dass Stacy langsam wieder die Alte war, und auch Mitch schien plötzlich so gelöst.

Als dann eines der Kinder eine Schlagsahneschlacht startete und Stacy einer der ersten Attacken zum Opfer fiel, drohte die Stimmung zu kippen.

»Nun, ich kam durch eine glückliche Fügung zu etwas Barem, und außerdem werde ich auf unserer Reise wieder meinen Blog führen, den ich bisher bei jeder meiner Reisen mit zahlreichen Fotos und Berichten gefüttert habe. Ein paar Reiseveranstalter im Internet und eine große Hotelkette haben mir bereits ihre Unterstützung zugesagt, nachdem ich ihnen berichtete, wo ich schon überall gewesen bin und sie meinen Blog gesehen haben.« Ich lächelte Phoebe zu, die sich aus Versehen etwas Sahne auf die Nase geschmiert hatte. Genussvoll küsste ich sie weg, während ich aus dem Augenwinkel die anderen Männer sah, die betreten zu Boden schauten.

Tja, ihre Wette hatten die Jungs haushoch gegen mich verloren und brav an mich gezahlt. Schließlich hatte ich die Reise nicht, wie sie Stein und Bein geschworen hätten, vorzeitig abgebrochen und hatte bis zum bitteren Ende durchgehalten. Doch trotz meines Triumphs über sie würde ich mich als gestandener Ehemann bald in ihren Reihen einfinden.

Sosehr ich mich auch auf die Hochzeit freute, würde ich dennoch zusehen müssen, dass ich mich nicht zu solch einer Lusche entwickelte. Aber die Chancen standen eigentlich ganz gut, weil Phoebe mit den Frauen am Tisch gar nicht vergleichbar war.

Sie war cool, hatte ihren eigenen Kopf und liebte mich einfach so, wie ich war. Sie verbog mich nicht, ließ mir meine Eigenheiten und versuchte mich nicht andauernd zu verändern. Diese Tatsache liebte ich am meisten an ihr.

Seit sie nun dank Mitchs Hilfe aus dem Knebelvertrag rausgekommen war, lebte sie wieder in Chicago und trat Downtown mit den restlichen sechs Jungs ihrer Band allabendlich in einem kleinen, aber sehr feinen Pub auf.

Phoebe und ihre Kollegen waren sich darüber einig geworden, dass sie lieber in der Nähe von Familie und Freunden bleiben wollten, anstatt immerzu getrieben durch aller Herren Länder zu reisen und sich permanent nach ihrem Zuhause zu sehnen.

Von Ryan hatte man seit Cannes nichts mehr gehört. Das war auch besser so für ihn. Wenn er sich meiner zukünftigen Frau auch nur auf zehn Meter nähern würde, könnte ich für nichts mehr garantieren.

Noch immer fing das Blut in meinen Adern zu brodeln an, wenn ich an die Sache in Cannes dachte. Dieser Mistkerl hatte Phoebe so zugesetzt, dass sie noch Wochen nach dem Vorfall nachts schweißgebadet aufgewacht war und im Schlaf nach Hilfe rief.

»Du bist an das Geld aber auf legale Weise gekommen, oder?«, fragte nun Miranda misstrauisch, während sie ihre Augen weit öffnete.

Ich musste schmunzeln und an Julian denken, der mich entgeistert angesehen hatte, als ich ihm von meinem Vorsatz berichtet hatte, auszuziehen, um eine eigene Familie zu gründen.

Der Arme war einem Herzinfarkt nahe gewesen, glaubte er doch, ich hätte mich der Mafia oder irgendeiner Gang angeschlossen. Als er auf meiner Haut kein Tattoo und auch keine Anzeichen dafür finden konnte, dass ich mir eine

Niere hatte entfernen lassen, war er etwas beruhigter gewesen.

Dennoch hatte er keine Ruhe gegeben, bis ich ihm schließlich von der Wette mit den Jungs berichtet hatte. Daraufhin hatte er gelacht, aber es war ihm förmlich anzusehen gewesen, wie sehr ihn diese Tatsache beruhigte. Er war in so großer Sorge um mich gewesen, dass ich ihn vor Rührung sogar bat, mein Trauzeuge zu werden.

***

»Liebes, werden denn auch deine Eltern zu der Hochzeit kommen?«, fragte Tante Heather und traf damit einen wunden Punkt.

Es war mir schon bewusst gewesen, dass man mich auch nach meiner Familie fragen würde. Also traf mich die Frage nicht ganz unvorbereitet. Wenn ich sagen würde, dass sich die familiäre Situation bereits zum Guten gewandt hatte, würde ich lügen. Aber, ich war mir ziemlich sicher, dass wir auf einem guten Weg waren.

Daddy hatte sich überschwänglich darüber gefreut, dass ich endlich in den Schoß der Familie zurückgekehrt war. Doch ich hatte ihm gleich zu verstehen gegeben, dass ich nicht gekommen war, um an das anzuknüpfen, was ich liebend gerne vor all den Jahren hinter mir gelassen hatte.

Er hatte eingewilligt und mir versichert, dass er mir all die Zeit geben würde, die es eben brauchte, bis ich wieder Vertrauen zu ihm gefasst hatte. Meine Stiefmutter war auf meinen Wunsch hin bei dieser Unterredung nicht dabei gewesen.

Es gab einfach Menschen auf dieser Welt, die würde man nicht verändern können, auch wenn man sich noch so sehr bemühte, einen Zugang zu ihnen zu finden. Allison war nun mal so, wie sie war, und auch wenn Daddy damit klarkam, hieß das noch lange nicht für mich, dass ich mich auf sie einlassen musste.

Diese Erkenntnis hatte ziemlich lange gedauert, bis sie in meinen Verstand vorgedrungen war. Niklas war nicht ganz unbeteiligt daran gewesen. Er hatte mir stundenlang zugehört, als ich ihm von meinen schwierigen familiären Verhältnissen berichtet hatte, und mir immer mit Rat und Tat zur Seite gestanden, ohne mir seinen Willen aufzudrängen.

Er war wirklich der Mann meiner Träume, von dem ich nicht einmal wusste, dass ich ihn mir erträumt hatte. Klingt komisch? Ist aber so.

Ich war nie auf der Suche nach dem perfekten Partner fürs Leben gewesen, wie es viele andere Frauen ihr ganzes Leben lang taten. Vielleicht liegt ja darin das Geheimnis. Ich habe mich finden lassen.

»Mein Vater und seine neue Partnerin sind heute leider verhindert, aber natürlich werden sie auf der Hochzeit sein.« Ich war kein Unmensch und hatte Allison zusammen mit Daddy eingeladen. Das verlieh mir eine innerliche Größe, die ich mir selbst fast nicht zugestanden hätte.

»Oh, das wird ein rauschendes Fest mit allerlei gutem Essen, netter Musik und … ach ja, vielleicht kann ja mein

Häkelverein noch eine Kleinigkeit für euch zusammentragen. Drei Wochen sind nicht lange, aber eine kleine Erstausstattung für euer erstes Kind werden wir sicher noch hinbekommen.« Tante Heather zwinkerte mir verschwörerisch zu, während sich meine Wangen heiß anfühlten.

Niklas verschluckte sich beinahe an einem Stück Kuchen, während er ein entsetztes »Was?« röchelte.

»Das wirst du noch früh genug sehen. Wer will noch Kuchen? Kinder, hört auf, euch mit der Sahne zu bewerfen. Stacy, Emily, Miranda und Drew, kümmert ihr euch auch ausreichend um eure Ehemänner?« Und zu mir sagte sie ganz leise: »Dein Geheimnis ist bei mir sicher, aber lange wirst du es nicht mehr verbergen können.«

Ja, so war Tante Heather. Niklas hatte mit keinem Wort übertrieben. Die liebenswürdige, ältere Dame war ein Feldwebel par excellence und womöglich gerade deswegen der Klebstoff, der hier alles zusammenhielt.

Man konnte ihr ja nachsagen, was man wollte, aber sie hatte es geschafft, dass wir alle an einem Tisch saßen, glücklich waren und uns zufrieden und gelassen unterhielten.

»Na, mein Liebling?«, fragte Niklas. »Geht es dir gut?«

Und ich konnte mit dem Brustton der Überzeugung sagen: »Ja, es ging mir nie besser.«

»Möchte denn noch jemand einen Schnaps? Einen Wodka vielleicht? Mein Vorrat an Himbeerschnaps ist leider aufgebraucht.«

Kaum hatte Tante Heather geendet, brach das Lachen aus mir heraus. Denn mit Wodka hatte die Sache ihren Lauf genommen und war schließlich doch noch zu einem krönenden Abschluss gekommen.

Happily ever after

Danksagung

Lieber Leserinnen und Leser,
mit dem fünften Band der Tales of Chicago möchte ich mich ganz herzlich bei jedem Einzelnen von euch bedanken. Denn dass es überhaupt so viele Bücher aus der Reihe gibt, ist einzig und alleine eurem Interesse an meinen Büchern geschuldet.
Auch in dieser Geschichte steht das happily ever after und natürlich der Humor im Vordergrund. Bestens für die Bekämpfung von Alltagsstress und schlechtem Wetter geeignet. Am besten nimmt man sich noch einen Cookie von Tante Heather zur Hand. Was? Das Rezept hast du gar nicht?
Oh, das sollten wir schleunigst ändern:

Tante Heathers Cookies

Rezept für 36 Stück

360g ungesalzene Butter
300g weißer Zucker
150g brauner Zucker
4 Eier

360g Mehl
62,5g Haferflocken
2 ½ Teelöffel Vanilleextrakt
1Teelöffel Zitronensaft
¾ Teelöffel Backpulver
1 Teelöffel Salz
¼ Teelöffel Zimt
510g zartbittere Chocolate Chips
195g gehackte Walnüsse

1. Die Butter mit beiden Zuckersorten cremig schlagen (ca. 2 Minuten). Dann die Eier einzeln dazugeben und jedes einzelne kurz mit der Masse vermischen. Füge den Zitronensaft und das Vanilleextrakt bei und verrühre anschließend alles gut.
2. Vermische in einer separaten Schüssel alle trockenen Zutaten (bis auf die Chocolate Chips und die Walnussstücke). Füge sie dann der cremigen Masse bei und verrühre alles. Zum Schluss die Chocolate Chips und die Walnüsse unterheben. Nicht mehr mit dem Mixer verrühren!
3. Mit einem Esslöffel Teig auf ein Blech mit Backpapier legen und bei 175 Grad für 13-15 Minuten backen bzw. bis zu dem Zeitpunkt, an dem der Rand sich zu bräunen beginnt. Danach vom Backpapier nehmen

und auf dem Grillrost des Backofens auskühlen lassen.

Bedanken möchte ich mich außerdem bei meinen engagierten und wunderbaren Testleserinnen Andra, Annette, Antje, Claudia, Emily, Gabi, Gabriela, Hannah, Jasmin, Jenny, Jil, Kristin und Veronika. DANKE für eure ehrlichen Worte, eure Begeisterung und euer Mitfiebern. Ohne euch wäre das Ganze nur halb so schön.

Vielen lieben DANK, dass ihr den Weg mit mir gegangen seid! Ich freue mich bereits heute über euer Feedback zum nächsten Buch.

Liebe Doro, du bist viel mehr als eine Lektorin. Du baust mich auf, wenn ich zweifle. Du bist da, wenn ich dich brauche. Du stehst mir immer mit Rat und Tat beiseite. DANKE dir hierfür und für alles andere, das ich in meinen Worten gar nicht ausdrücken kann.

DANKE, liebe Sybille, dass du dich um meine Wortverdreher und Satzzeichen kümmerst. Es war mir eine Freude, dich auf meinem Weg an meiner Seite zu wissen.

Vielen DANK an meine LeserInnen, dass ihr mit mir in die Geschichte von Phoebe & Niklas abgetaucht seid.

Eure Mila

Außerdem freue ich mich sehr auf regen Austausch mit euch:

www.milasummers.com

E-Mail: **mila.summers@outlook.de**

facebook: **Mila Summers**
Instagram: **books_by_mila_summers**
Twitter: **BooksbyMila**

PS: Wenn euch meine Geschichte gefallen hat, würdet ihr mir unglaublich helfen, wenn ihr eine Rezension auf dem Buchportal eurer Wahl schreiben würdet. Dann bekommen vielleicht noch weitere LeserInnen die Möglichkeit, mich kennenzulernen.

Weitere Bücher der Autorin

Märchenhafte Liebesromane mit viel Herz und Chicago –
Die Tales of Chicago-Reihe

Kurzbeschreibung:
Eigentlich hielt Stacy es für eine gute Idee, dem lukrativen Stellenangebot Hals über Kopf zu folgen. Die Seifenblase zerplatzt schnell, nachdem sie vor Ort feststellen muss, dass der Job bereits vergeben ist. Ohne einen Penny in der Tasche fasst sie einen folgenschweren Entschluss und reist per Anhalter weiter. Mitch Havisham, Anwalt aus Memphis, nimmt sie mit nach Chicago. Während der Fahrt macht er

ihr ein unmoralisches Angebot und lässt nicht locker, ehe sie schließlich einwilligt…

LESERSTIMMEN

"WER SCHNULZIGE LIEBESKOMÖDIEN MAG, DEM LEGE ICH "KÜSS MICH WACH" DRINGEND ANS HERZ!
FÜR MICH WAR ES EIN LESEVERGNÜGEN BIS ZUR LETZTEN SEITE!" - Lisasonnenlicht

"MIT "KÜSS MICH WACH" SCHREIBT MILA SUMMERS EIN GELUNGENES DEBÜT. EINE LOCKERE WOHLFÜHLSTORY FÜR EINEN ENTSPANNTEN LESENACHMITTAG. ~ AUFREGEND ~ MÄRCHENHAFT ~ LEBENDIG ~ WOHLFÜHLSTORY FÜR ZWISCHENDURCH ~" - Katis-Buecherwelt

"WENN LIEBE KEINER VERNUNFT FOLGT ..." - Solaria

Küss mich wach ist Band 1 der Tales of Chicago. Alle Teile sind in sich abgeschlossen und können unabhängig voneinander gelesen werden.

Kurzbeschreibung:
Als der alljährliche Wohltätigkeitsball der Firma ihres verstorbenen Vaters naht, hofft Drew, über eine Datingseite im Internet endlich den richtigen Mann fürs Leben zu finden. Seit Jahren wird sie von ihrer Stiefmutter Estelle und ihren Stiefschwestern Ashley und Madison bevormundet, verhöhnt und gedemütigt. Ihr letzter Hoffnungsschimmer ist die Suche nach der ganz großen Liebe. Nach mehr oder minder katastrophalen Verabredungen lernt sie unverhofft Brian kennen, der ihr Prinz Charming werden könnte. Oder etwa doch nicht?

LESERSTIMMEN

"ICH HABE MICH VON DER ZAUBERHAFTEN STIMMUNG UND VON DEM FLÜSSIGEN, LUSTIGEN SCHREIBSTIL DER AUTORIN MITREISSEN LASSEN. ROMANTISCHE DIALOGE UND CHARAKTERE MIT TIEFE, DAS SIND IHR MARKENZEICHEN." - SaVie

"EIN WIRKLICH SCHÖNER UND GEFÜHLVOLLER KURZROMAN BASIEREND AUF DEM MÄRCHEN CINDERELLA, PERFEKT IN DIE MODERNE ZEIT INTERPRETIERT UND EINEM DOCH GANZ EIGENEN SCHUH." - Larissa Schmeer

"EINE GESCHICHTE VOLLER MAGISCHER WOHLFÜHLMOMENTE DES GLÜCKS." - Jil Aimée

Vom Glück geküsst ist Band 2 der Tales of Chicago. Alle Teile sind in sich abgeschlossen und können unabhängig voneinander gelesen werden. Allerdings gibt es ein Wiedersehen mit den Protagonisten des vorhergehenden Buches.

Kurzbeschreibung:
Emily Havisham verliert kurz vor Weihnachten ihren Job und findet sich wenige Zeit später in der Marketingabteilung eines Unternehmens wieder, das allen Ernstes meint, Freddy der Frosch wäre ein adäquater Ersatz für Santa Claus. Sicher, diese Firma bräuchte unbedingt kompetente Unterstützung, aber ist das wirklich die Herausforderung, nach der sie sucht? Außerdem rückt ihr ihr Chef Liam Morris eindeutig zu nahe auf die Pelle. Noch ehe sie ihren Vorgesetzten in die Schranken weisen kann, verliert sie ihr Herz an den Womanizer, der nichts, aber auch rein gar nichts anbrennen lässt. Kann das gut gehen?

LESERSTIMMEN

"SO EMOTIONAL GEFESSELT UND BEGEISTERT WAR ICH BISHER NOCH SELTEN BEI EINEM BUCH UND FREUE MICH SCHON AUF DEN NÄCHSTEN BAND DIESER SERIE." - Anna

"ES KNALLT, KNISTERT UND FETZT HERRLICH!" - Gabriela

"MIT ‚EIN FROSCH ZUM KÜSSEN‘ WAGT SICH MILA IN ETWAS NEUERE GEWÄSSER DER LEIDENSCHAFT, UND SCHAFFT ES, DIESE AUTHENTISCH UND GESCHMACKVOLL ABZUBILDEN." - Jil Aimée

Ein Frosch zum Küssen ist Band 3 der Tales of Chicago. Alle Teile sind in sich abgeschlossen und können unabhängig voneinander gelesen werden. Allerdings gibt es ein Wiedersehen mit den Protagonisten der vorhergehenden Bücher.

Kurzbeschreibung:
Miranda Honeychurch ist ein klassischer Beziehungspechvogel. Irgendwie gerät sie immer an den Falschen. Dann trifft sie auf Noah, der ihr bei einem Brand das Leben rettet. Die Tatsache, dass er für sie sein Leben aufs Spiel setzt, lässt ihr Herz höherschlagen – doch der Feuerwehrmann würdigt sie nach dem gefährlichen Einsatz keines Blickes mehr und lässt sich sogar verleugnen. Hals über Kopf kehrt sie Chicago den Rücken, obwohl der Gedanke an Noah sie bis in ihre Träume verfolgt. Mit ihrer Freundin Emily bricht sie zu einem Roadtrip auf, bei dem sie mehr findet, als sie zu hoffen gewagt hat. Und dennoch quält sie eine Frage: Was für ein Geheimnis verbirgt Noah hinter den ozeangleichen Augen?

LESERSTIMMEN

"DAS BUCH STECKT VOLLER LEBEN, SPANNUNG UND LIEBE." - Anna's Bücher

"SOOOO MACHT LESEN WIRKLICH SPASS." - Lesejunkie

"EINFACH MÄRCHENHAFT. EINFACH MAGISCH. EINFACH MILA." - Jil Aimée

Küsse in luftiger Höhe ist Band 4 der Tales of Chicago. Alle Teile sind in sich abgeschlossen und können unabhängig voneinander gelesen werden. Allerdings gibt es ein Wiedersehen mit den Protagonisten der vorhergehenden Bücher.

Die Manhattan-Love-Stories – dramatisch, spannend, fesselnd

Kurzbeschreibung:

Hopes Leben ist die Hölle. Da sie von ihrem einflussreichen Vater unterdrückt wird, zieht sie zu ihrem Verlobten. Doch leider entpuppt sich Lucian schnell als untreuer Choleriker. Hope ist verzweifelt. Ihr tyrannischer Vater würde ihr nie erlauben, die Verlobung zu lösen, denn er fürchtet den Skandal für seine politische Karriere.

Als ihr attraktiver Arbeitgeber Jayden sie um einen Gefallen bittet und ihr im gleichen Zuge eine Beförderung in Aussicht stellt, sieht sie ihre Chance gekommen, gleich zwei Fliegen mit einer Klappe zu schlagen. Nur darf ihr Verlobter auf keinen Fall von dem Deal erfahren. Vor allem, da Jayden Gefühle in ihr weckt, die in ihrer Situation alles andere als vernünftig sind …

LESERSTIMMEN

Die Seiten schweben und lesen sich so leicht wie eine Feder, die im Sommerwind zu Dir getrieben, sanft Deine Nase küsst. - JIL AIMÉE

Das war mit Abstand das BESTE Buch, dass dir aus den Fingern geglitten ist. Es war spannend, es war unberechenbar und hatte so viele Wendungen, dass ich kurz dachte ich sitze in einer Achterbahn. -JASMIN PAUL

Zum Glück ist Irresponsible Desire der Auftakt einer Reihe, so dass ich ja weiß, es wird noch weitere Bücher geben. - STARLINGS'S BÜCHERHIMMEL

Im 1. Teil ihrer Manhattan Love Stories vereint sie Love und Crime in einer Art, die mich und meinen Kindle an die Couch gefesselt hat. – BÜCHERHEIKE

Der Roman ist in sich abgeschlossen und kann unabhängig von den Folgebänden gelesen werden.

Die Taschenbuchausgabe umfasst ca. 300 Seiten.

Verlagsbuch bei Lago – Liebe in deiner Stadt

Das Buch ist in 39 Buchhandlungen in Deutschland, Luxemburg und der Schweiz erhältlich. Die Liebesgeschichte spielt durch die Anpassung bestimmter Sehenswürdigkeiten, typischer Spezialitäten und Plätze eindeutig in der jeweiligen Stadt.

Zusätzlich gibt es das Ebook zu Hamburg, Leipzig, Wien und Würzburg auf allen legalen Plattformen (Thalia, Amazon, Kobo, Google Play uvm.) zu kaufen.

Kurzbeschreibung am Beispiel Hamburg:

Sophia ist eine ganz normale Frau mit einem ganz normalen Leben. Bisher. Denn von einem Tag auf den anderen ist es aus mit der Beschaulichkeit und ihr Leben in Hamburg wird gehörig auf den Kopf gestellt: Sophia muss nicht nur entdecken, dass ihr Verlobter Kai sie betrügt, auch beruflich läuft so einiges aus dem Ruder. Und als wäre das alles nicht genug, sind da plötzlich diese geheimnisvollen haselnussbraune

Augen, die Sophia auf einem Foto entdeckt hat und die ihr nicht mehr aus dem Kopf gehen. Als sie sie dann schließlich im wahren Leben wiedertrifft, ist es sofort um Sophia geschehen. Doch die Umstände dieser schicksalhaften Begegnung könnten kaum komplizierter sein …